映画 暗殺教室
ASSASSINATION CLASSROOM

―卒業編―

原作 松井優征　小説 金沢達也

小説 JUMP j BOOKS

烏《からす》間《ま》惟《ただ》臣《おみ》

防衛省所属、戦闘技術のプロフェッショナル。
〝殺せんせー〟とともにE組の副担任として赴任。
生徒たちの暗殺技術面のサポートを行う。

イリーナ・イェラビッチ

3年E組に送りこまれた凄腕の殺し屋。壮絶な銃撃戦を行ったものの暗殺は失敗に終わり、その後はなぜか外国語教師に。通称・ビッチ先生。

殺《ころ》せんせー

月の7割を破壊して常時三日月の状態にしたうえ、1年後の地球破壊を予告している謎のタコ型超生物。

「殺すことができない先生」という意味で、生徒からは通称〝殺せんせー〟と呼ばれる。

登場人物紹介

潮《しお》田《た》渚《なぎさ》

殺せんせーを狙う3年E組の生徒。普段は控えめな性格のため、クラスの中では目立たないが、次第に〝暗殺〟という特異な能力を開花させていく。

茅《かや》野《の》カエデ

殺せんせーの名付け親。クラスのムードメーカーで渚とも仲良し。

赤《あか》羽《ばね》 業《カルマ》

クラスきっての天才肌で喧嘩も強い。性格は全く違うが、不思議と渚と気が合う。

死《しに》神《がみ》

千人以上を暗殺してきたすべてを兼ね備えた完璧な暗殺者。

雪《ゆき》村《むら》あぐり

以前3年E組の担任をしていた女性教師。

柳《やなぎ》沢《さわ》誇《こ》太《た》郎《ろう》

とある研究を進める天才科学者。殺せんせーの誕生となにか関係があるようだが…!?

目次 contents

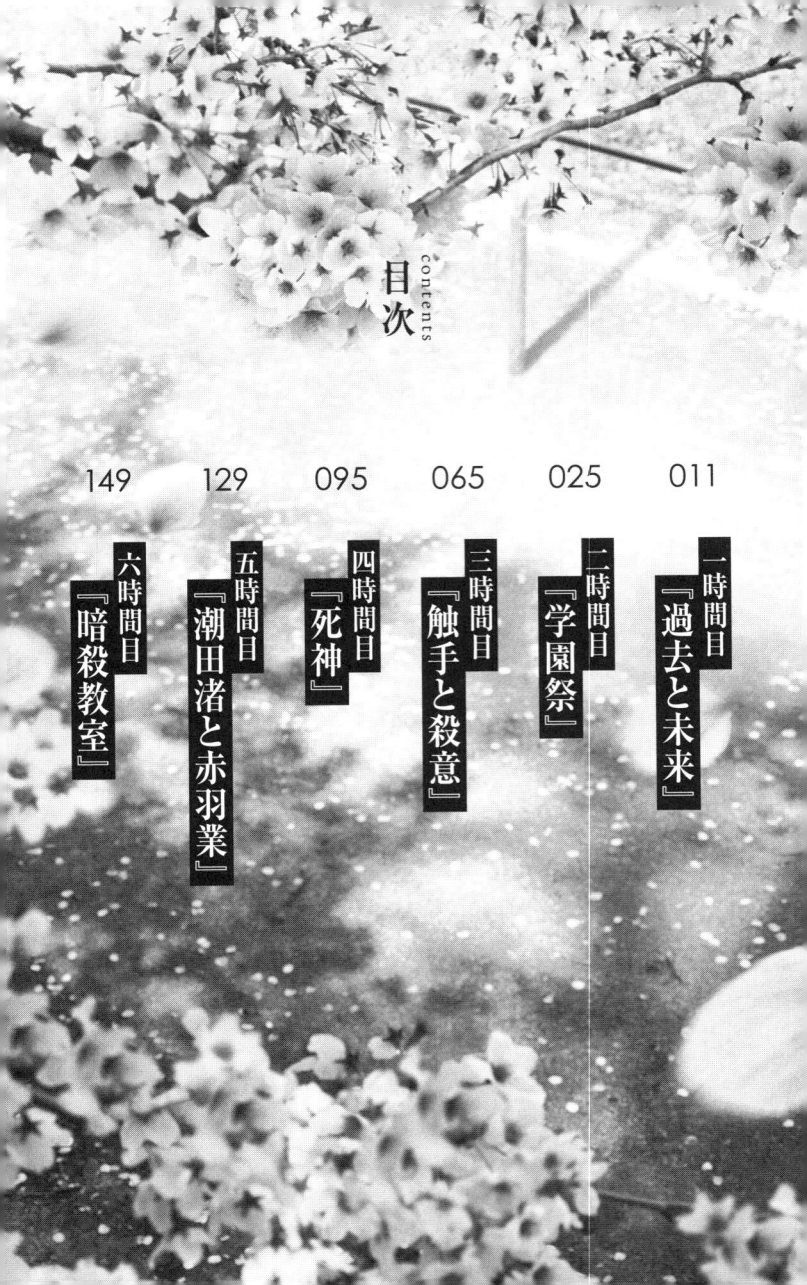

映画「暗殺教室～卒業編～」

原作：『暗殺教室』松井優征（集英社 ジャンプ コミックス刊）
監督：羽住英一郎
脚本：金沢達也
音楽：佐藤直紀
製作：フジテレビジョン 集英社 ジェイ・ストーム
東宝 ROBOT
制作プロダクション：ROBOT
配給：東宝

この作品はフィクションです。
実在の人物・団体・事件などにはいっさい関係ありません。

一時間目
過去と未来

路面に小さな水溜《みずたま》りができている。

静かな水面に湛《たた》えられているのは、白い光。これ以上〝円形〟にできるものはないであろうと錯覚させる完全なる真円。——満月だった。

ぞっとするほどに完全な美しいその形が、中央に鋭利なナイフを刺されたかのように微《かす》かに歪《ひず》む。

次の瞬間、水溜りに映った満月は、その身体《からだ》の至る所にナイフを突き刺され、原形さえ留《とど》めなくなってしまう。

いっとき止《や》んでいた雨が、嘲笑《あざわら》うように舞い戻っていた。

満月を執拗《しつよう》に貫く雨粒に、素早く流れてきた暗い雲が加担する。歪《ゆが》みつくした形に喪布を被《かぶ》せるように白い姿を覆い隠していく。

完全に消え失《う》せてしまった月を、さらにその上から踏み砕いていく何かがあった。

人間ですら易々《やすやす》と喰《く》らえそうなその〝足〟——ずっしりとしたタイヤが転がす車体は、日常ではほとんどお目にかかれないだろう。

あちらこちらで勢力を一気に拡大し始めた水溜りたちを無慈悲に蹴散らしながら、無骨な1台の特殊トレーラーはたちまちその場を走り去っていった。

とある施設のゲート前。

既に雨脚は目も開けていられないほど強くなっている。そんな中でも、ゲートの両脇を固める銃を構えた男たちは背筋を伸ばして微動だにしない。

明らかな部外者の顔つきをした特殊トレーラーが、スピードを弱め、ゲートの前に一旦、停車する。

それを取り囲むように、数台の警備用車両も停車した。

「ゲート開放」

どこからか無線の指示が漏れ聞こえると、次の瞬間、非常ランプが臆病な小動物のように激しく細やかに点滅した。

ランプの反応とは対照的に、ゲートはゆっくりと確実に、腕を広げて客人を迎えるごとく開いていく。

その内側に数多くの自衛隊員が配備されていたのは、ゲートが開いて初めて確認することができた。

皆、緊張した面持ちで、重厚な武器を構えたまま、部外者である特殊トレーラーを警戒している。到底、客人を迎える姿勢とは言い難《がた》かった。

雨の向こうから自分を睨《にら》む無数の視線と銃口を、しかし特殊トレーラーは意にも介さない。開放されたゲートをゆっくりとくぐると、施設の中に静かに進入していく。

施設内を躍り始めたいくつものサーチライトが、呼吸を合わせて特殊トレーラーに張りついた。

それが合図であったかのように、白いトレーラーの巨体も施設の前庭のほぼ中央部に停止した。

見慣れぬ客人を迎え入れたその施設は、何らかの研究所のように見えた。


「テールゲートを開きます」

研究所内部のオペレーションルームに極めて事務的な無線の音声が響き渡った。

黒いスーツを身にまとった屈強なエージェントたちが、大型モニターを見つめている。

様々な角度から映し出された特殊トレーラーは息を殺して動かない。

一瞬の静寂の後、

「対象、出ます！」

今度の無線の声には、やや人間味のある感情が含まれていた。

その温度に反応したのか、オペレーションルームにいるエージェントたちは一様に気を引き締めた表情になり、強い眼差《まなざ》しでモニターを見つめた。


その緊張はもちろん、研究所の外にも伝わっていた。

各所に配置されていた狙撃班は、豪雨にけぶるトレーラー後部に合わせていたライフルの照準を、もう1度、慎重に確認した。

トレーラーのテールゲートが、ゆっくりと開き始める。

誰もが息を呑《の》み、見つめていた。

半分以上開放されても、未《いま》だ中は暗くはっきりとは見えない。が、そこには確かに何かがいるはずだった。

さらにゲートのほとんどが開ききってようやく、〝それ〟の全貌が露《あら》わとなった。

その男は、拘束服を着せられ、その上から頑丈な鎖で幾重にも身体を巻かれていた。

裸足《はだし》のままの足にもまた枷《かせ》。首には怪しい光を放つ、電子首輪まで着けられている。

いったいただの人間ひとりに、こうも厳重な拘束を科す必要があるのだろうか？

それだけではない。男の拘束服には鎖のボーダーに加え、幾つもの微小なドット柄が浮かんでいた。ライフルのレーザーサイトである。

研究所の自動扉の内側には、戦闘機のコックピットのような物々しいストレッチャーが用意されていた。男をさらに拘束し、移動させるためのものだろう。傍らには白衣を着た研究員たちの姿がある。

男の両側で身体を支えていた重装備の隊員が、促すように腕に力をこめると、男は辛うじて唯一動かせる部位である足をゆっくりと滑らせ、特殊トレーラーから降り立った。

そこにいた人々の視線を可視化したかのようにサーチライトが男の顔を捉える。時を同じくして轟《とどろ》いた稲光が、男の顔を切り取るようにはっきりと映し出した。

無数の敵意と雨粒に打ちすえられながら、その表情は非常に静かなものであり、瞳には深い哀《かな》しみさえ漂わせていた……。

誰しもが、刹那、その目に吸いこまれそうな錯覚を抱いた。

男は、そんな彼らの動揺をよそに、その哀しみの目で、ゆっくりと研究所を見上げた。

木々が生い茂った山の中腹。

その少しだけ開けた空間に、申し訳なさそうに建つボロボロの木造の建物。これこそが、椚ヶ丘《くぬぎがおか》中学3年E組の校舎である。

『高度成長教育』を教育理念に掲げ、県内でも屈指の進学校として名を馳《は》せている椚ヶ丘学園では、あえて一握りの落ちこぼれ集団を形成することで、その他の生徒たちの優越感と危機感を支え、高いレベルの成績を保ち続ける……という理事長独自の教育方針が実行されていた。

その栄えなき〝落ちこぼれ集団〟こそ、他ならぬ3年E組であった。

椚ヶ丘学園の本校舎は街の郊外にある近代的な建物であるが、〝見せしめ〟であるE組だけは、本校舎から遠く離れた悪立地の古びた木造校舎に追いやられていたのだ。

そんなオンボロ校舎の中にヤツは――――いた。

月の7割を吹き飛ばし、来年3月には地球をも破壊する予定だと宣言し、世界中の軍隊から狙われるもマッハ20のスピードであらゆる攻撃を難なくかわしたと思ったら、突然〝椚ヶ丘中学3年E組の担任ならやってもいい〟と言い出し、日々、生徒たちに自分の命を狙わせるが、やはり全く殺せないことから、ついたあだ名が〝殺《ころ》せんせー〟。

やたらにフレンドリーなこの怪物は、いつものようにアカデミックドレスをまとう巨体の上に大きな黄色い球状の頭部を載せ、点のような目、そしてニヤニヤとした口元で、今は職員室に生息していた。

殺せんせーの前にはE組の生徒である中村莉桜《なかむらりお》が座っている。言うなればギャル風の派手な容姿の彼女だが、今はいたって真面目な顔だ。

「ほう……中村さんは〝外交官〟ですか？」

1枚の用紙を見ながら、殺せんせーはつぶやくように言う。その用紙の一番上には『進路希望』という文字が見て取れる。

「うん……だって……」

中村は進路の悩みに対する答えを求めるように、殺せんせーに手を差し出した……と思いきや、その手には有り得ないものが握られていた。――ナイフである。

といっても本物のそれではない。くにゃりとした柔らかな素材で出来ているため人間には無害だが、殺せんせーに限っては死に至らしめることができる特殊な対先生用ナイフだ。

そんな一見オモチャのような、〝不思議な〟武器を振りかざし、中村は殺せんせーに襲いかかった。

まず間違いなく、進路相談の真っ最中の生徒の行いではない。

「なるほど……中村さんならきっと立派な外交官になれますよ」

しかし殺せんせーは、叱るどころか中村のナイフには目もくれず、進路相談用紙を見ながら、マッハのスピードでヌルヌルと刃をかわし続ける。

「ハァ……」

やがて、中村は攻撃を繰り出すのに疲れてしまい、再びどっかりとイスに腰を落ち着かせた。荒い呼吸のまま、諦め口調で言い放つ。

「……殺せんせーに伸ばしてもらった英語力が役に立つかな〜、って思ってね」

言い終わるが早いか、中村は懲りもせず、再びナイフで襲いかかった。

結果は、言わずもがなである。

「頑張ってくださいねぇ……ヌルフフフ」

寺坂竜馬《てらさかりようま》がポケットに手を突っこんだまま、ふてぶてしい態度で職員室のイスに腰掛けている。見た目通りの不良、という風情である。

殺せんせーは、寺坂が記入した進路相談用紙に目をやった。

「〝政治家〟……ですか？」

「特にやりてえこともねえからよ」

寺坂は面倒くさそうに言いながら、ポケットから銃を出した。これもまた殺せんせーにのみ殺傷効果がある対先生ＢＢ弾が装填《そうてん》されている、特殊な銃だ。

やる気のなさそうな態度からは想像できないほど滑らかに殺意のこもった構えに移行し、そして発砲。しかし予想に反し、寺坂は引き金を引くことができなかった。

「ハ!?」

手元を見ると、寺坂の銃はすでに殺せんせーのブヨブヨとした触手によって押さえられていた。隠したつもりでも、殺気を感じ取られていたようだ。

「クソ……」

寺坂もまた、中村のように戦意を喪失させられ、イスに身体を投げ出し大きなため息をついた。

「それで政治家とは寺坂くんらしいですねぇ。でも、声も大きいし、堂々としている。案外、政治家向きなのかもしれませんねぇ」

殺せんせーの激励は、何か余裕さえ感じさせるものであった。

赤に染めた髪に、どこか冷めた雰囲気の赤羽業《あかばねカルマ》は教室にいる時と変わらぬ姿勢で、ナイフをもてあそびながら気だるそうに職員室のイスに座っていた。

「〝官僚〟……、国家運営のいわば裏方。君にしては地味にすら見えますが？」

寺坂の〝政治家〟とはまた別の意味で殺せんせーは驚いた。

「表に出るの、ってかったるいっしょ。だから寺坂みたいなバカを政治家にして俺が陰で操んの……文句ある？」

カルマは一瞬、目の奥に殺気を宿したが、それはすぐに消え去り、特に殺せんせーに対して攻撃をしなかった。殺せんせーと1対1の状況で、正面から攻撃を加えること自体、無駄でバカバカしいということをカルマは知っていたからだ。

そんなカルマの態度に対し、少しばかり残念そうな殺せんせーであったが、すぐに笑みを浮かべカルマに優しく言った。

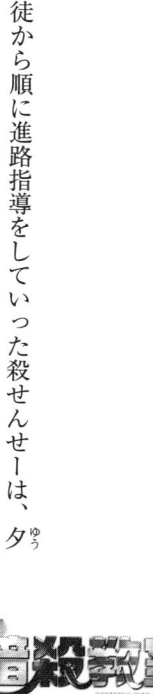

「いいえ、君らしいと納得しました」

その後も記入を終えて持ってきた生徒から順に進路指導をしていった殺せんせーは、夕《ゆう》陽《ひ》の差しこむ廊下を歩いていた。

殺せんせーがやってきたのは、E組の教室だった。

教室の扉を開けると、そこには1人、自分の席にポツンと座っている潮田渚《しおたなぎさ》の姿があった。机の上には進路相談用紙が置かれている。白紙のままだ。

こんな時間まで職員室に現れず、特に何をするわけでもなく、静かに席に座っていた渚からは、怒りや哀しみ、恐れなどといった特別な感情は全く見て取れなかった。

そう、渚にとっては、ただ席に座っていてただ時間が過ぎていた、それだけなのだ。

殺せんせーは静かに渚の前に移動した。

「……どうしました？　あとは君だけですよ、渚くん」

殺せんせーも、職員室に来なかった渚を責めることもなく、ただ、尋ねた。

「殺せんせー……」

渚は、殺せんせーがこうして現れるのを最初から察していたかのように自然に顔を上げた。

「……僕はまだ、なりたいものが見つかってません……」

そこでようやく渚の感情が表れた。微かではあるが、殺せんせーに対して、すがるような目……これは〝悩み〟だ。

殺せんせーは顔色一つ変えずに、ある言葉を口にした。

「渚くん、自分でも気づいているかとは思いますが……君には暗殺の才能があります」

言われた渚も、思い当たる節があるのか、それほど動揺せずに殺せんせーの目を真《ま》っ直《す》ぐに見つめた。

「でもね、渚くん。その才能を生かすことができるのは必ずしも暗殺だけではないはずです。大事なことはその才能を何のために使うべきか、誰のために使いたいかということです」

渚は答えられないまま、白紙の進路相談用紙を見つめていた。

——月を破壊して、来年の3月には地球も破壊するって言う超生物……殺せんせーが、僕らの担任になってから。

——もう、半年が過ぎようとしていた……。

二時間目
学園祭

渚《なぎさ》たち3年E組の朝のホームルームでは、防衛省の人間でありながらこのクラスの副担任も兼務している烏間惟臣《からすまただおみ》が、いつもの黒いスーツ姿で教壇に立っていた。

「知っての通り来週末、学園祭が行われる。君たちの任務にとって、これは大きなチャンスだ」

烏間は表情を変えることなく、鋭い視線を生徒たちに送った。これもいつもの烏間のスタイルだ。

教室の中央付近に座っている坊主頭の岡島大河《おかじまたいが》が声を上げる。

「……ってことは、今回も暗殺？」

「そうだ」

烏間は視線を岡島に移しただけで、姿勢も表情も変えずに言い切った。

すると、渚の隣の席に座っている茅野《かやの》カエデが不思議そうに尋ねる。

「でも、どうして〝チャンス〟なの？」

今度は、烏間は一呼吸置くと、生徒全員を見渡しながら口を開いた。

「普段、この隔離された教室には暗殺者である君たちとターゲットであるアイツしかいない。この状況は暗殺をするには格好の舞台だと思うかもしれないが、逆に考えるとアイツは君たちにのみ注意を払っていればそれでいい……。現にまだ、誰もアイツの暗殺に成功していない」

「何が言いてぇんだよ……」

烏間の冷静な分析が気に障ったのか、寺坂《てらさか》が威圧的な態度を見せた。

そんな寺坂をよそに、教室の後方窓際に置かれている大きな黒い箱……殺《ころ》せんせー暗殺のため防衛省から送りこまれた暗殺者、『自律思考固定砲台《じりつしこうこていほうだい》』が小さな唸《うな》りを上げ、モニターに女子生徒の姿を映し出す。元々は暗殺者として送りこまれたものの、今ではE組にすっかり馴染《なじ》んだことから〝律《りつ》〟というあだ名がつけられた〝彼女〟は、烏間の言わんとする言葉を引き継いだ。

「それに対し、学園祭は開かれた空間であり、他校の生徒や町の人間も大挙して訪れる。そうなるとどうしても殺せんせーの注意力が散漫になる……ということですね？」

「……その隙をついて暗殺しろ、ってことね」

教室の一番後ろの席から、やる気のないような、それでいて場を貫く一言が聞こえてきた。発信源はもちろんカルマだ。

「その通りだ」

烏間は律とカルマの分析に、ほんの少しだけ満足そうな表情を見せた。

「副担任として君たちの楽しみを極力、邪魔したくはないが、これも任務だと思ってくれ」

それでも多くの生徒たちは、すぐに全てを呑《の》みこむことができず戸惑ったようだったが、烏間は意に介さず教壇を降りた。教室を出る直前に振り返り、感情の読みとれない声で付け加える。

「ちなみに……今回の学園祭には防衛省から〝レッドアイ〟というスナイパーが送りこまれることになった」

スナイパー、すなわち本職《プロ》の暗殺者である。Ｅ組の面々にとってはある意味すでに馴染みの存在ではあるが、それでも生徒たちの間にはざわめきが広がった。

「君たちの手でアイツを殺したいのなら、スナイパーに先を越されないことだな……。以上だ」

そう言い残して、烏間は教室を去っていった。

後には、どこか納得のいかない様子の生徒たちが残された。だが彼らは何も、大事な学園行事である学園祭ですら〝仕事〟をせねばならないことを不満がっているわけではない。

「……烏間先生は知らないかもしれないけど、学園祭で私たちＥ組がお店を出していい場所は、本校舎から離れたこの校舎の敷地内だけだもんね？」

烏間が完全に教室を後にしたのを確認した茅野が、ため息混じりにつぶやいた。

「それに演劇だって、Ｅ組の時間はみんなが昼飯に行っちまう12時半からだしな」

野球が得意で普段は活発な杉野《すぎの》友人《ともひと》も、覇気が感じられない様子だった。

「出店にも演劇にも、人なんか来やしねえしなぁ」

寺坂と常に行動を共にしている、通称〝寺坂軍団〟の吉田《よしだ》大成《たいせい》は、ぼやきながらその長い身体《からだ》を伸ばした。

「学園祭なんて始まる前から終わってんの」

同じく寺坂軍団の村松《むらまつ》拓哉《たくや》の言葉にも、すっかり諦めムードが漂っている。

そして、殺せんせーにより少しずつ芽生え始めてきたやる気を振り出しに戻すがごとく、遠慮も何もない寺坂の声が教室内に放たれた。

「やっぱり、俺らはＥＮＤのＥ組ってことだ」

呪いのように付きまとうその名前に、生徒たちは一様に沈んだ表情を見せる。

「学園祭のときって、本当に実感するよね……Ｅ組を」

いつもは威勢が良い中村《なかむら》も、さすがにこれには凹《へこ》んだ様子であった。

暗く重たい雰囲気に包まれた3年E組。

この空気を切り裂いたのは、やはり、あの超生物であった。

「いよいよ、待ちに待った学園祭が幕を開けますね！」

いつものように、いや、いつもより明るく晴れやかな顔色で、大きく触手を広げて教室に入ってきたのは、他ならぬ3年E組の担任である殺せんせーであった。入ってきた、というより〝突如現れた〟といったほうがいいような超速での登場にも、もう生徒たちは動じない。

その前向き極まる言葉は、このときのE組の空気には最も相応《ふさわ》しくないものであった。

しかし、地球を破壊する予定の超生物にとって、空気を破壊するなどもはや息をするようなものである。いそいそと教壇に移動すると、言うだけでは飽き足らなかったらしく、マッハのスピードで黒板に大きく『学園祭』と書き記して見せた。色とりどりにデコレーションされたポップな文字が白々しく躍る。

「椚ヶ丘《くぬぎがおか》中学にやってきた他校の生徒や町の皆さんに、出店や舞台で私たちの青春を見せつけることができる貴重な中学生活の1ページ！　それこそが学園祭です！」

ここに来てもまだ、この担任は生徒たちの表情を読み取ることができないのか、淀《よど》みのない口調で興奮気味にまくし立てた。

「ねえ、皆さん！」

生徒たちの顔を、おそらく今日初めてまじまじと見つめた殺せんせーは、そこでようやくその違和感に気がついた。

「あら……？」

その頃、教室を出た烏間は渡り廊下を歩いていた。

行く手にはE組校舎の古さにいかにもそぐわない豪奢《ごうしゃ》なブロンドの美女、イリーナ・イエラビッチが立っている。彼女は3年E組に初めて関わった本職《プロ》の殺し屋であるが、ターゲットである殺せんせーによって、あれやこれや、とても言葉にはできないような〝手入れ〟を施され、何故《なぜ》かE組の英語教師になってしまった上に、今では生徒たちから〝ビッチ先生〟というあだ名で親しまれている哀《かな》しき殺し屋である。

もちろん彼女も殺せんせーの暗殺は諦めておらず、事あるごとに攻撃を仕掛けているのだが……。

ともかく、そんなイリーナがいつになく真剣な表情で教室の方を見つめていた。

「……演劇……となると……」

「どうした？」

さすがの烏間も、ただならぬ気配を察したのか、そう尋ねる。

イリーナは教室への鋭い視線を崩さないまま、するりと手を持ち上げた。

「……ラブシーンはアタシの出番ね……」

青のジャケットを妖艶にはだけさせると、セクシーな鎖骨をはじめとした肌色が惜しげもなく露《あら》わとなった。

「日本政府は各国首脳と連携を図り始めた」

烏間はイリーナの奇行もといアピールを完全に黙殺し、淡々と口にする。

「今後は重要な会議が続いて俺は防衛省の特殊任務で忙しくなる。イリーナ、お前は暗殺者として、何かあったらスナイパーをサポートしてやってくれ」

そう言って、烏間は渡り廊下を去って行った。

呆然《ぼうぜん》としたまま烏間を見送ったイリーナは、ややあって、自らの不自然に乱れたジャケットに目を落とした。

「あ……」

周りに誰も人がいないことを瞬時に確認しながら、イリーナは露出した鎖骨を隠すようにジャケットを整える。

「〝サポート〟って……アイツを仕留めるのはアタシよ！」

ようやく生徒たちの空気を感じ取った――あえて触れなかったのかもしれないが――殺せんせーは、突然、こんなことを口にした。

「学園祭と言えば暗殺をする絶好の機会でしょうから……せっかくなので、皆さんに先生の最大級の弱点を教えてあげましょう」

本来喜んで飛びつかなければならないような言葉だったが、相変わらずの突飛さに、生徒たちは上手《うま》く反応することができなかった。それは渚も同じである。

「〝最大級の弱点〟……？」

「ええ……実は先生、意外とパワーがないんです。スピードに特化し過ぎてて……。だから例えば……学園祭のどさくさに紛れて、全員で触手を1本ずつ押さえられたら、簡単に動きを止められるかもしれませんねぇ」

自らが暗殺される可能性がグッと高まるにも拘《かか》わらず、殺せんせーは他人事のように言い放った。

「ずいぶん、あっさり教えてくれるんですね」

〝ジャスティス〟として親しまれている木《き》村《むら》正義《ジャスティス》が驚いた様子で言った。なお愛称ではない。本名である。

「でも、皆で触手を押さえたらいいのね……よ〜し！」

一方で矢田桃花《やだとうか》は、意気ごんだ表情ですでに実行に移そうとしていた。中学生の割りには色気があり、長所を伸ばすべくイリーナを師と仰いでいる女子で、明るい言葉にも人を励ます魅力がある。

他の何人かの生徒も矢田に同調し、申し合わせたかのように一斉に殺せんせーの触手を押さえにかかった。

しかし、結果はある程度、予想されたものだった。

「っていうか……そんなことができたら最初っから苦労しねーよ！」

マッハの速さで手をすり抜ける殺せんせーに翻弄され、瞬く間に額に汗を滲《にじ》ませてしまった前原陽斗《まえはらひろと》が、倒れこむように席に戻った。

「ふーむ、ダメですかねぇ……」

これまた他の誰かのことのように殺せんせーは不思議そうな顔で、腕を組むように胸のネクタイの前で触手を絡ませた。

「まあ、でも……確かに学園祭はチャンスかもね！」

「ええ。学園祭が盛り上がれば盛り上がるほど確率は高まると思いますよ」

いつも前向きな茅野の姿勢に触発され、殺せんせーに背中を押され、他の生徒たちにも、徐々にやる気が見え始める。

一番前の列に座っている倉橋陽菜乃《くらはしひなの》が、甘えるように言った。

「じゃあ、盛り上げるために、殺せんせーも手伝ってよね？」

「そのことなんですが……先生……主役やりたい」

と、殺せんせーはもじもじと触手を顔に当て、照れたような表情になる。

珍しいといえば珍しい、この目立ってやまない担任からのおねだりに——

「やれるわけねーだろ、国家機密が！」

1秒の間も置かず、寺坂が即座に罵声を浴びせた。

「そもそも大の大人が出しゃばってくんじゃねえよ！」

そこに吉田が続くと、他の生徒たちからも「そうだ！　そうだ！」「引っこんでろタコ！」といった声が次々にあがり、教室はにわかに騒がしくなる。

野次を飛ばす皆の表情に、先ほどまでの憂いはもう見当たらない。

「だって、先生、劇の主役を一度はやりたいと思ってて……」

しどろもどろになる殺せんせーを見て、渚もクスリと微笑《ほほえ》んだ。

そして、学園祭当日。

椚ヶ丘中学本校舎の敷地内は、生徒たちの出店や、各会場で行われるイベントなどの大きな看板、その他色とりどりの飾り物で華やかに彩られていた。

有名私立校だけあるというべきか、看板一つとっても、中学の学園祭という言葉から想像される微笑ましい〝手作り感〟はほとんど感じられない。ある種のプロフェッショナルによる催事といった隙のない雰囲気が漂っていた。

そんな空気と、そして綿密に行われた事前のPRが功を奏したのか、生徒たちの関係者のみならず近所の住人、そして他校の生徒など多くの人間が、椚ヶ丘中学本校舎の正門をくぐり、吸いこまれるように学園内に入っていった。

そしてE組によるお好み焼きの屋台では、鉄板の前で村松が額に汗し、巧みにコテを操っていた。

傍らでは軍団のリーダーたる寺坂が見守っている。さらにその横では、吉田が客引きの大声を威勢よく張り上げた。

「さあさあさあ！　頭は悪いが料理は美味《うま》い！　E組が生んだ料理の鉄人・村松拓哉の極秘レシピによるスペシャルお好み焼きはいかがですか!?　ほら、そこのカノジョ！　大盛りサービスしちゃうよ！」

「どこのカノジョよ？」

魔女めいた怪しげな雰囲気を持つ狭間《はざま》綺羅々《きらら》が言うと、単なる突っこみも氷の刃物のような色合いを帯びる。

そう、本校舎から遠く離れたE組の敷地内には、誰一人客となる人間などいなかった。唯一確認できたのは、牛の散歩に来たらしい農家のおじさんだけである。

本校舎の喧騒《けんそう》とは対照的に、お好み焼きの焼ける音が物哀しく山間に響き渡っている。

「ホント……静かだな……」

村松もコテを握った手を止め、山を見上げた。

すると、次の瞬間……

ドーン!!!!

——いきなり激しい爆発音が鳴り響いた。

校舎からだ。その場にいた皆が慌てて見ると、廊下のガラスが無残にも吹き飛び、白い煙がもくもくと立ちこめていた。

「何だ!!?」

寺坂や近くにいた生徒たちが駆けつけると、そこにいたのはガリ勉メガネ男子の竹林孝太郎《たけばやしこうたろう》であった。

大きな怪我《けが》はないようだが、爆発に巻きこまれたためかぐったりと座りこんでいる。いや、それだけではなく様子がおかしかった。

竹林であるのは確かなのだが、イメージが違う。明るさというか、色合いと言おうか。

一言でいえば、

——〝白い〟。

物理的に、である。

「竹林どうした!?」

「……暗殺に使えると思って、ちょっと材料の小麦粉で実験してたら……」

竹林は真っ白になったまま、ブツブツとつぶやいた。

「もしかして〝粉塵爆発《ふんじんばくはつ》〟?」

寺坂と一緒に駆けつけた、理科全般については竹林以上に得意とするメガネ女子・奥田《おくだ》愛美《まなみ》がそんな言葉を口にすると、竹林は、その通り、と言わんばかりにメガネをクイッと上げた。

「何だよ、それ？」

全く意味が分からない様子の寺坂は、1秒たりとも考えようとせずに尋ねていた。奥田が嬉《うれ》しそうに説明する。

「小麦粉みたいな可燃性の粉塵を空中に撒《ま》いた状態で引火させると、塵《ちり》の1つ1つが連鎖反応を起こして爆発燃焼する、ってやつですよね？」

「なるほどねぇ……って、危ねえことやってんじゃねえよ！」

相槌《あいづち》は打ったものの全く理解できない苛立《いらだ》ちも加わってか、寺坂の怒気は相当なものだった。だが竹林は特に動じることも謝罪することもなく、ただ、再びメガネをクイッと上げた。

一方椚ヶ丘中学の正門では、派手な装飾に負けじと生徒たちがビラを配り、熾烈《しれつ》な〝勧誘合戦〟を繰り広げていた。

演劇の時間や出店の場所など、様々な面で劣悪な状況を強いられているE組の生徒たちも、そんな逆境に屈することなく茅野が中心となり、不破優月《ふわゆづき》、磯貝悠馬《いそがいゆうま》、千葉龍之介《ちばりゅうのすけ》らとともに、客を集めようと懸命にビラを配っていた。

そしてその傍らでは、珍妙なゆるキャラ紛《まが》いが怪しげに巨体を揺らしている。

……殺せんせーである。

妙にカラフルな衣装を着け、同じく帽子を被《かぶ》り、何故か赤い〝つけ鼻〟までつけていた。本人に聞けば、「どこからどう見てもピエロでしょう」とでも言い張るのだろう。バカバカしいので誰も尋ねていないが。

「ねえ、殺せんせー、正体バレちゃうよ……」

渚が殺せんせーの耳元で囁《ささや》いた。

「大丈夫ですよ……ヌルフフフ……」

その自信がどこからもたらされたものなのかは分からないが、殺せんせーは皆の人気を一身に集めるスターであるかのような態度で首を傾《かし》げ、おどけたポーズを取ったりしていた。

生徒たちよりよほど学園祭を謳歌《おうか》している殺せんせーに対し、校舎の屋上から鋭い視線を向けている男の姿があった。

その目元はサングラスで隠されているため、傍《はた》からは目つきが読み取りにくい。だが全身から滲み出る張り詰めた気配……殺気の鋭さだけで、何かを語るには十分だった。

彼の通り名は〝レッドアイ〟。防衛省から直々の依頼を受けて、眼下の喧騒を見下ろしている。

彼は黒一色の大きなケースから愛用のライフルを取り出すと、殺せんせーに向かって構えた。

そして、すかさず引き金を絞る——わけではなかった。

レッドアイはライフルのスコープを覗《のぞ》くと、椚ヶ丘中学の正門の辺りをゆっくりと見回した。

学園祭に訪れた様々な客。そんな客を勧誘する生徒たち。中には些《いささ》か椚ヶ丘にはそぐわない、素行の悪そうな高校生の姿もある。

雑多な景色をぐるりと眺めたレッドアイは、そして再び、殺せんせーに照準を合わせた。

「ヤツがここで客引きをすることも想定通り……。この学園内の施設、そして学園祭のプログラムも全て下調べ済み。ほんの一瞬で終わる狙撃のための十分すぎる準備。それがプロのスナイパーの仕事だ……」

引き金に指をかける。

そして今度こそ、愛銃に発射の咆哮《ほうこう》を上げさせる——こともなかった。

レッドアイは引き金から指を外すと、スコープからも目を離した。防弾ベストのポケットから、ライフルに合うように特殊改良された対先生ＢＢ弾を手にすると、その弾丸をしばし愛《いと》おしそうに見つめてから手慣れた動きで銃に装填《そうてん》した。


「あ、渚くん！」

正門の殺せんせーは突然、声を上げた。果たして遥《はる》か屋上に燻《くゆ》る殺気も、この超生物の嗅覚を逃れ得なかったのだろうか？

「どうしたの、殺せんせー？」

「……もう、そろそろ演劇の準備をしないといけない時間です」

そう一瞬でも思ったならば後悔したくなるような間の抜けた台詞《せりふ》を、つけ鼻を取った殺せんせーは真剣な表情で渚に囁いた。そわそわと周囲を確認する殺せんせーに、渚も苦笑する。

「そうだね」

「何しろ、先生、主役ですから」

これ以上ないくらいの〝ドヤ顔〟をした殺せんせーは、渚の反応も待たずにマッハでその場から消え去った。

「Here we go……」

対先生BB弾を愛用のライフルに呑みこませたレッドアイは口元に微《かす》かな笑みを浮かべ、改めてスコープを覗きこんだ。

しかし、そこにターゲットである殺せんせーの姿は見当たらない。つい数秒前までは確かにそこにいて、見失うはずもない派手な格好をしていたのにだ。

「ん？　……どこ行った？」

レッドアイは思わずスコープから目を外し、辺りを見回す。

「なるほど。とんでもない化け物を殺す依頼のようだ……。おもしれぇ」

学園祭会場の中心部には、様々な出店が並んでいた。

ある通路の横には、子連れの来場者のためのキッズパークが設けられている。

『キッズパークで遊ぼう！』とカラフルな色で描かれた立派な看板があり、その横には『3年E組～桃太郎（@体育館）』と書かれた小さな看板が申し訳なさそうに置かれていた。

こんな細部に至るまで、E組が置かれている環境は徹底して劣悪なものなのだ。

——あれ、ビッチ先生？

体育館に行こうとその通路を通りかかった渚は、何故かキッズパークの前にいるイリーナの姿を目撃する。

イリーナはキッズパークの中をキョロキョロと見ているようだ。まさか、美少年を見つけて早めにオトナの教育でも施そうかと品定めしているのだろうか？

その時、キッズパークの中から1人の男性が出てきた。さしずめ子供が遊び始めたのをいいことに、しばし外で休憩をしようと目論《もくろ》む父親といったところだろう。

それを見たイリーナの目に暗殺者の鋭さが宿る。

そして次の瞬間、イリーナはその父親に巧みな身のこなしで迫ると、全く無駄のない流れで驚くほど自然に、それでいて大胆かつ濃厚にキスをした——しかも、顔中に何度も！

そして、他の父親たちにも次々と!!

——ウソだろ!!?

渚は絶句するしかなかった。

「この後、体育館に私の演劇を観《み》に来てね」

「は、はい……」

世界中の要人をも簡単に落としてきたイリーナの〝口撃〟に、そんじょそこらの父親が敵《かな》うはずもなかった。

顔中に真っ赤なキスマークをつけたまま、父親たちはゾンビのようにフラフラと体育館の方に吸い寄せられていった。

そんな〝被害者〟の姿に呆然《ぼうぜん》としていた渚は、イリーナが近寄ってきたのを見て、咄嗟《とっさ》に口を押さえる。

「大丈夫よ」

「ビッチ先生、何で……あんなことを?」

「こうやって沢山、客を呼んでおけば、アイツはいつもの姿で逃げ回ることができない」

「アイツ、って殺せんせー?」

「もちろん。で、その隙をついて……」

イリーナはスカートをめくり、太ももを露わにすると、着けていたホルダーから銃を出し素早く構えてみせる。

「アタシが仕留める」

「でも……そのためにキスを?」

「これも暗殺の大事なテクニックよ」

今度は、イリーナは本気で渚の唇を奪いにかかってきた。

「……あ、こんな時間だ！　行かなきゃ」

寸前のところでイリーナの口撃をかわした渚は、慌てて体育館の方に走っていった。


そしてしばらく後、体育館では、E組による桃太郎の演劇がついに開始されていた。

舞台の中央には、大きな桃がででんと置かれている。

まるで中身ではなく、桃それ自体が主役だと言わんばかりである。

「ヌルフフフ……主役……主役……」

少なくとも桃本人……顔を桃色にした殺せんせーは、心の底から満足げに〝主役〟を演じきっていた。

傍らには1本の木が立っていた。板に絵を描けば済みそうな単なる背景を、わざわざ演じるのは渚である。引っこみ思案な渚は、自ら木の役に立候補したのだ。

特に演技もセリフも必要ないため、こっそりと舞台上から客席を盗み見る。昼時である上に大した宣伝もさせてもらえなかったにも拘わらず、客席にはなかなかの人が集まっていた。もちろん、そのほとんどが男性で、顔には真っ赤なキスマークが躍っている。

――さすがビッチ先生……。

渚は知る由もないが、そんな観客の最後列には、密《ひそ》かにレッドアイの姿もあった。

レッドアイは静かにスコープを覗き、舞台上の殺せんせーを捉えている。

「桃……？　何、やってんだ、アイツ……」

見た目はE組で最も幼いのだが、なぜかおじいさん役を押し付けられた堀部《ほりべ》イトナが、とんでもない棒読みでセリフを言う。

「まあ、とにかく、この桃を切ってみよう……」

「そうですね、おじいさん」

おばあさん役は中村である。何も知らない客はともかく、ギャル系キャラという認識であるクラスメイトからすると、これまた強烈な違和感を覚えさせる配役だ。

イトナと中村は、手にした包丁ならぬ対先生用ナイフで、演技のぎこちなさとは対照的に、ごく自然な動作で桃へと切りかかった。

さらに、まだ登場しないはずのイヌ（原寿美鈴《はらすみれ》）、サル（三村航輝《みむらこうき》）、キジ（倉橋陽菜乃）、果ては道に生えている〝雑草〟（菅谷創介《すがやそうすけ》・片岡《かたおか》メグ）まで飛び出してきて、桃目掛けて襲い掛かっていた。動かないはずの桃（殺せんせーの顔）が、ぐにょりと歪《ゆが》んでナイフをかわす。

「真っ二つになってくれないと、話が進まない……」

「私を割っても中に桃太郎はいませんよ」

殺せんせーは縦横無尽に顔を歪めながらも余裕さえ感じさせる口調で、イトナおじいさんの囁きに答えたのだった。

その頃、材料の小麦粉も爆発してしまい途方に暮れていたE組のお好み焼き班のもとへ、不破が血相を変えて駆けこんでいた。

「茅野さんたちが、変な高校生たちに連れさられちゃった！」

「マジか!?」

ぼんやりとしていた吉田が大声を上げる。

「みんなで捜すぞ！」

寺坂の指示で、その場にいた生徒たちは一斉に散らばっていった。

E組校舎の屋根の上で横になっていたカルマも、不穏な空気を察して立ち上がった。

1つの桃に、ほとんど全ての登場人物（雑草含む）が切りかかるが、その桃はなかなか切れない……という異常な展開——桃太郎が出て来られないので正確には展開さえしていないのだが——の『桃太郎』に、観客はひたすら唖然《あぜん》としていた。

それはレッドアイも例外ではなかった。殺せんせーを暗殺すべく客席に紛れこんでいたレッドアイだが、舞台上のあまりの〝カオス〟ぶりに思わず他の観客たちと心を同じくしてしまっていたのだ。

「……ああ、いけねぇ」

レッドアイは自分を取り戻すように頭を強く振ると、銃を構え直し、照準を舞台上の桃に定めた。

「よし……」

スコープを覗きながらレッドアイは感じていた。

——それにしても、こんなにくっきりと照準が合ったのは俺の数々の仕事の中でも初めてじゃねえか……。

「これで終わりだ……」

そう、それほどレッドアイのスコープには、確実に桃が捉えられていたのだ。少し手を伸ばせば、もう届いてしまいそうなほど間近に……。

——ん……？

完璧すぎるからこその不安……殺し屋ならではの勘が危機感を訴え、レッドアイは思わずスコープから目を離した。

すると、桃は……本当に目の前にあった。

――え？

次の瞬間、観客のどよめきが聞こえた。それは、レッドアイの〝背後〟から。

レッドアイが振り返ると、自分を見て笑う観客の姿が。

「は!!」

そう、レッドアイは一瞬のうちに、客席から舞台に移動させられていたのだ。

しかもいつの間にやら、赤鬼の格好までさせられていた。

「ク!!」

事態が呑みこめないレッドアイだったが、スナイパーの本能でともかく銃を構えた。が、上手く銃身を握ることができない。手元を見て、レッドアイはその光景が信じられなかった。いつの間にか愛銃は鬼の金棒に変わっていた。

レッドアイの足を摑《つか》んでいた触手が音もなくスルスルと離れていく。

「ああ……あああああ」

突然の出来事にパニックになってしまったレッドアイに、仕掛け人たる殺せんせーが囁きかける。

「極悪非道の赤鬼の役ですよ。役に徹してください」

普通の人間なら、この状況でそんな言葉など耳に入らなかったか、聞こえたとしても何もできなかったであろう。しかし悲しいかな、レッドアイは優れた暗殺者であり、優れた適応能力を持ち合わせていた。瞬時にその異様な空間に順応できるだけの能力を……。

「ガオー……」

金棒を振り上げ、怒りの声を上げる。

——鬼ってこんな感じだったっけ……？

が、レッドアイの迫真の順応も長くは続かなかった。Ｅ組の面々にとって、この赤鬼は殺せんせー暗殺のライバルである。彼らはここぞとばかり役に乗じて、レッドアイに襲い掛かった。

「ひ！」

「邪魔よ!!」

レッドアイに飛び蹴りを食らわせたのは、いち早く反応した中村であった。

中学生とは思えぬ鋭い蹴りに、レッドアイは木の根元、つまり渚の足元まで吹っ飛ばされる。

舞台上には金太郎（木村正義）と浦島太郎（杉野友人）まで登場し、脈絡も何もないがある意味そうそうたる顔ぶれが揃《そろ》った。

「ありがとうございました！」

掛け声と共に、出演者たちは思い思いのポーズを取ってみせた。

会場の観客たちが、舞台上にまばらな拍手を送る中、幕がゆっくりと下りていく。

そんな中、舞台袖にセクシーすぎる人魚の衣装をまとったイリーナが駆けこんできた。

「って、終わってんじゃん!!!」

Ｅ組の演劇『桃太郎』は、こうして幕を閉じた。


椚ヶ丘学園本校舎を擁する敷地は、郊外に位置することもあってかなりの広さを誇っていた。本来であればＥ組を入れても有り余るほどであるが、今更そこに疑問を呈する者はいない。

その余剰な敷地の一角に、その用具置き場はあった。プレハブの、これといって特徴もない小屋だ。当然のように多くの生徒はおろか教職員からも半ば忘れられ、普段は人が立ち寄ることもない。

しかし、今日は珍しく客が訪れていた。千客万来の学園祭においてなお、〝招かれざる〟客が。

「何する気よ!?」

茅野が威勢の良い声を上げる。しかし、その態度とは裏腹に茅野の手は縛られ、身動きが取れない状態であった。傍らの奥田、それに神崎有希子《かんざきゆきこ》——男子生徒からの人気ナンバーワンを誇る、清楚《せいそ》なお嬢様系の女子だ——も同様である。

そんな彼女たちの前に不気味な笑みを浮かべて立っているのは、柄《がら》の悪い3人の不良高校生であった。真ん中に立つリーダー格の両側には、痩せて背の高い目つきの悪い男、そしてやや太めの男。

誰が見ても明らかな、チンピラ軍団と被害者の少女たち、の構図である。

リーダー格の男が強面《こわもて》をいやらしい笑みに歪めて彼女らに迫る。

「大人しくしてれば、すぐに済むからさぁ」

何が面白いのか、他の2人の不良は腹を抱えて笑い出した。奥田が睨《にら》みつけると、目つきの悪い男が、どうやら優しい顔を作ったつもりらしい表情になる。

「そんな怖い顔するなよ、ちょっとHな撮影するだけだって……」

品のない言葉に神崎が眉をひそめる。不良たちはより一層高い声を出して、奇妙な笑い声を上げた。

ほんの少し前までは1人の殺し屋が自信に満ちて殺せんせーを見下ろしていた本校舎の

屋上で、今は1匹の赤鬼が、力なく座りこんでいた。

「スピードも防御も完璧。……まるで暗殺されないために生まれてきた生物だ」

自嘲するような口調で、赤鬼――レッドアイはつぶやく。自らの身に起きた出来事を噛《か》み締めるように振り返りながら、屈辱を感じることすら忘れていた。ついさっき彼を襲った体験は、それほどまでに衝撃的だったのだ。

「お疲れ様でした」

そこに声をかけたのは、桃……ではない普段の姿の殺せんせーだった。早着替えにも使われる自慢のマッハ速度での移動は傍目《はため》には瞬間移動《テレポート》としか見えず、レッドアイは一瞬ビクリと身体を震わせたが、すぐに諦めたように肩の力を抜く。

「……俺のスコープにターゲットの赤い血が映らないことは無かった。それが〝レッドアイ〟の由来だってのに。こっちが真っ赤にされちまうとはな……」

レッドアイは自分の身体をまじまじと見つめ、そして大きなため息をついた。

「よく似合ってますよ、おかげで楽しい学園祭になりました」

「……俺を殺すんだろ？　いいぜ、殺《や》れよ。こんな商売やってるんだ、覚悟はしてる」

淡々と、レッドアイは言った。心境は妙に穏やかだった。

無言でその時を待ち、しかし、殺せんせーは微動だにしない。

「……どうした？」

「殺すなんてとんでもない」

「は？」

レッドアイは少し上体を起こして、不思議そうに殺せんせーを見た。

「アナタが送りこまれることを知った生徒たちは、アナタに負けじと、私を暗殺するためにがんばってくれました……アナタのおかげです」

「いや、でも……」

「アナタのおかげです」

「先生！　ここにいたんですか!?」

大きな声とともに駆けこんできたのは不破だった。レッドアイを一瞥《いちべつ》して怪訝《けげん》そうな顔になったが、よほど慌てているのかすぐに殺せんせーに目を戻す。

「どうしました、不破さん？」

「茅野さんたちが変な高校生にどっか連れていかれちゃったらしいの！」

「捜しましょう！」

「西側の用具置き場……」

そこにぼそりと聞こえたのは、レッドアイの声だった。殺せんせーが振り返る。

「誰かを拉致するならあそこだ……」

「さすがです……行きましょう！」

そう言うと殺せんせーは、その場からマッハの速度で消え去った。

「フ……怪物のくせに立派に先生してやがる……」

レッドアイが見上げた空には、真っ白な雲がのん気に浮かんでいた。


一方、用具置き場に満ちた空気は、外の晴天とは真逆のそれであった。

不良たちはスマホを覗きながら、〝ちょっとHな撮影〟の準備に余念がない。非道な行為だというのに、彼らは撮影の構図や明るさなどに細かくこだわっているようで、その様が茅野たちに、より現実的な恐怖を感じさせていた。

──誰か助けて……！

神崎の声にならない願いが届いたのか、その時、用具置き場に何者かがやってくる足音がした。

「誰だ？」

不良たちが入り口の階段の方を一斉に見ると、そこには２つの人影があった。

「学園祭だからって……ちょっとはしゃぎすぎじゃない、お兄さんたち？」

何も知らずに見れば、まるで友達にでも話しかけているかのような飄々《ひょうひょう》とした口調。それでも彼の——カルマの声の根元には鋭い殺気が宿っていることが、彼と半年間ともに過ごしてきた茅野たちには理解できた。

全てを見透かすような瞳に一瞬ひるんだ不良たちだが、体格の良い男が、自らの巨体をせり出させるようにカルマににじり寄って威嚇する。

「チューボーのクセにいきがってんじゃねえぞ……」

「そっちこそ、チューボーにこんなマネして、恥ずかしくねえのかよ?」

カルマの横から踏み出したのは寺坂だった。中学生ではあるが、相手の男と対峙《たいじ》した身体はそこらの高校生にも引けを取らない。

「うるせぇ、コラァ!」

業を煮やした不良たちは、リーダーの号令で一斉に襲い掛かった。

カルマの視線と寺坂の体格に、確かに一度は気圧《けお》された不良たちであるが、それでも彼らには確信があった。

——チューボーごときに負けるはずがない。

2対3で人数でも有利、経験でも平均した体格でも有利。それは〝慢心〟ではなく、当たり前の〝事実〟であるはずだった。

彼らが、3年E組の生徒……若き〝殺し屋〟でさえなければ。

チューボーごとき、が自分たちと互角に戦っていることに、不良たちは驚きを隠せなかった。いや、互角ではない。時間が経過するにつれて、不良たちは明らかに〝劣勢〟に追いこまれていた。

E組の生徒にとって、そんなことは当たり前だ。いや、教官の烏間に言わせれば、もう相手を仕留めていてもいい時間だったのかもしれない。

残念ながら、優勢とはいえ未《いま》だ決定打には至っていなかった。確かに彼らは中学生と思えないほど強かったが、その力はあくまで殺せんせー暗殺のためであって、〝多人数との喧嘩《けんか》〟の戦い方ではないのだ。

しかし、決着は時間の問題と見えた。

このままではやられる——悟ったリーダー格の男は素早く仲間に目で合図する。目つきの悪い男が、背を向けてカルマたちとの戦いの場から離れていった。カルマはそれに気づいたものの、人数の差が祟《たた》って足止めされ、追いかけることができない。

果たして男は囚《とら》われの女生徒たちの背後に回り、茅野にナイフを突きつけた。

「動くんじゃねえ！　同級生の可愛《かわい》い顔に傷がついちまってもいいのか？」

そう言われては、カルマと寺坂に為《な》す術《すべ》はない。動きを止めた2人の背後に、図体《ずうたい》の割りに滑らかな動きで男が回り、木製バットで強《したた》かに頭を殴りつけた。

「グ……」

「あんまりお兄さんたちを舐《な》めるなよ……」

崩れ落ちるカルマと寺坂。卑怯《ひきよう》な手を使ったにも拘わらず、リーダーの男は何故か自信たっぷりに格好をつけて、そんな2人に言い放った。

「……」

カルマは残りの力を振り絞り、リーダーの男を睨みつけた。

それを見た仲間の男がカルマを蹴りつけようとしたが、

「やめとけ」

リーダーの男が制すると、それとほぼ同時にカルマは意識を失ってしまった。

寺坂のほうはまだ意識があったが、頭を押さえながら低く呻《うめ》き、当分立ち上がることはできそうにない。

「オメエらは後でボッコボコにしてやるからよ……よし、始めようぜ！」

リーダーの男は改めてスマホを構え、今度こそ茅野たちに向け『ＲＥＣ』のボタンを押す。

——が、階段の方から、また誰かが来る気配がした。

「ん……？」

舌打ち混じりに撮影を止め、不良たちは階段の方を向く。

今度の影は1つだった。チューボーの体格、ではない。というか、人間の輪郭ですらなかった。

「いやはや、マッハで着替えてきたのですが、少し遅れてしまいました」

殺せんせーである。

変装なのだろう、いつも烏間が着用している黒いスーツのようなものを身にまとってはいたが、その巨体はごまかしようがない。その上、顔を小さく見せようと無理やりつぶしたようで、そこらじゅうがボコボコとへこんでいた。

「うおおおお!!?」

不良たちが驚きの声を上げたのも、致し方ないことであった。

「何だコイツは!?」

「私はこの生徒たちの副担任、烏間です」

「再現度ひく……」

しれっと言ってのける殺せんせーに、がんがんと痛む頭でそれでも突っこまざるを得ないカルマである。

思ったよりも素早い立ち直りで、リーダーの男は懐からナイフを取り出した。

「バカ高校だと思ってナメやがって……!!」

「彼らも名門校の生徒ですが、学校内では落ちこぼれ呼ばわりされています……」

殺せんせーの触手が一瞬で不良たちにまとわりつく。次の瞬間、縦横無尽に動きはじめた触手の残像で、不良たちの全身が覆い隠されてしまった。何をされているのか、情けない叫び声だけが響いてくる。

「ひぃぃぃぃぃ～!?」

「しかし、君たちのように他人を水の底に引っ張るようなマネはしません。清流に棲《す》もうがドブ川に棲もうが、前に泳げば魚は美しく育つのです」

穏やかに語る殺せんせーを、縛られている茅野が真剣な目で見つめていた。

やがて触手の動きが止まったとき、そこに不良たちはいなかった。代わりにいたのは3人の、坊主頭に黒ぶち眼鏡の絵に描いたような真面目な生徒――見た目だけ、ではあるが。

そう、これは殺せんせーによる〝手入れ〟に他ならない。

「ひぇぇぇぇぇ～!」

元不良たちは再び腹の底から叫びながら、逃げるようにその場を去っていった。

彼らを見送った殺せんせーは、烏間風（?）のスーツを脱ぎ去って元の姿に戻ると、女子生徒たちの口を塞ぐガムテープを触手ではがした。

「ありがとう、殺せんせー」

泣きそうな目で神崎が言う。

「いえいえ。さあ、皆さん、それでは残りの学園祭、最後までしっかりとやり遂げましょう！」

「なんで烏間なんだよ……」

寺坂、それにカルマもどうにか復活し、茅野、奥田、神崎の3人と気遣い合いながら用具置き場を後にしていく。

1人残った殺せんせーは、自分のネクタイがほんの少し、乱れていることに気がついた。

それを触手で綺麗《きれい》に締め直す。

「雪村《ゆきむら》先生……あなたが私にくれた〝縁〟を、私は上手く繋《つな》げているでしょうか」

ネクタイを見つめながら、殺せんせーはしばし、物思いに耽《ふけ》っていた。

こうして、椚ヶ丘中学での最後の学園祭は幕を閉じた。

殺せんせー暗殺、とはいかなかったE組の生徒たちだが、劣悪な環境、そしてライバルの殺し屋や不良高校生といった様々なアクシデントにも屈することなく、結果、学園祭を思う存分、楽しむことができた。お好み焼きの売り上げや劇の顚末《てんまつ》は、一旦忘れることとする。

祭りのあとの夕方、殺せんせーは茅野に呼び出され、E組の校舎に戻ってきていた。渡り廊下で演劇に使った衣装や白いシーツを干している茅野を見つけ、声をかける。

「茅野さん？　どうしました？」

「あ、先生、ちょっと手伝ってよ。それ運ぶの1人じゃ大変で……」

茅野は衣装を干す手を止めずに、廊下の上にまとめて置いてある演劇の小道具を顎で指し示した。

「ああ、わかりました」

殺せんせーは触手ですべての小道具を、ひょい、と軽々抱えてみせた。

「これは、どこにしまえばよろしいですか？」

「その奥に道具置き場があるから、そこにしまってくれる？」

茅野は同じように顎で、通路の奥の方を指した。

「はい」

殺せんせーは、特にマッハの速さは必要ない、といった様子でのんびりと通路を歩いていく。

ようやく衣装を干す手を止めた茅野が、そんな背中を目で追った。

さらりと、それはごく自然な仕草で。不自然なほど高く、後ろ髪をかき上げる。

「気づかなかったね……最期まで」

そのうなじからは、真っ黒な触手が２本――音もなく、伸びていた。

三時間目
触手と殺意

うららかな陽《ひ》の光が揺れるキッチンで、姉妹は並んでケーキ作りをしていた。

姉のほうは、先ほどからボウルでせっせと卵白を泡立ててメレンゲを作っている。動きに合わせ、チャッチャッチャッ、と小気味のよい音と甘い香り、ついでに汁っぽいメレンゲが辺りに飛び散っていた。どうやら、あまり上手《うま》くはいっていないらしい。

加えて言うならば、仲むつまじい姉妹の光景に水を差しているのは、不器用なメレンゲの染みだけではなかった。

その場に違和感を与える最大の要因は、姉が身につけているエプロンにある。

配色、形、そして図柄……何がいけないのか具体的に説明することは困難だが、何がどうなのか的確に表す言葉ならばひとつある。

ダサい、のである。徹底的に。

ボウルの中のメレンゲは、そんなセンスの持ち主に抵抗するかのように飛び散りつづけ、やがては直接殴りかかるように顔めがけて跳ねていた。

隣で綺麗《きれい》にフルーツを切っていた妹がちらりと目をやれば、奮闘する姉の鼻にはマンガのようにちょこんとメレンゲの塊が載っている。

姉妹だけあって慣れている、まだこの程度で噴き出したりはしない。安定して載っているところを見ると、結構泡立ってきているらしい、と妹は内心で冷静に頷《うなず》いてみる。

が、鼻のメレンゲに気づく様子もない姉は、妹と目が合うと途端に得意げな顔になり、泡立ちはじめたボウルの中身を見せびらかした。

「……プ！」

「え、ダメ？」

「そうじゃなくて、お姉ちゃん、鼻！」

首をひねりながら自分の鼻を触ってみて、彼女はようやくメレンゲに気がつく。

「あれれ」

姉が照れたように微笑《ほほえ》むと、妹はより一層、大きな笑い声をあげた。

それは仲のいい姉妹の、ありふれたとても幸せな時間。

いつまでも続いていくはずの——大切な、日常だった。

「茅野《かやの》!?」

自分が使った大きな木の着ぐるみを抱えて渡り廊下にやってきた渚《なぎさ》は、目の当たりにした光景が信じられなかった。

触手を生やした茅野は殺《ころ》せんせーに集中しているのか、その視界に渚が映りこんだ様子はない。

呆然《ぼうぜん》とする渚を見ずに、茅野は渡り廊下一面に干されていたシーツを引っ張った。一瞬で舞い上がったシーツが完璧に通路を覆い隠す。

「にゅやッ!」

突如として風が吹き荒れ枯れ葉が舞う通路で、動揺を隠せない殺せんせーは、抱えていた小道具を廊下の隅に置くとそっとシーツに触れてみた。

瞬時に感じ取っていた不吉な予感が的中する。シーツに触れた触手の先端がドロリと溶けたのだ。

「……対先生物質……」

つぶやいた殺せんせーの前で、髪を下ろし、うなじから触手を生やした茅野が薄く笑む。

「ずっと観察してた、どの手段が有効なのか。当てるより、まずは囲むべし」

「か、茅野さん!? その触手は!?」

「フフフ、それそれ!! 殺せんせーって予想外のことが起こると、反応速度と思考速度が極端に遅くなるもんね」

これまでには微塵《みじん》も感じさせなかった威圧感を帯びた茅野は宙に飛び上がると、殺せんせーに向けて触手を放った。

「ク!」

殺せんせーは近くにあったロッカーを盾に、何とかそれを避ける。吹き飛んだロッカーが渡り廊下の屋根を突き破った。

目の前の光景を、まだはっきりと呑《の》みこむことができずにいた渚であったが、その足は自然とシーツの檻《おり》の内側へ近づいていた。しかし、

「!」

激しい音を立てて目の前に落下してきたロッカーに、渚は咄嗟《とっさ》に足を止めた。

シーツの向こうでは踊るように水が溢《あふ》れ出ていた。——殺せんせーの触手は水に弱い。茅野は殺せんせーが盾にしたロッカーを水道管にぶつけ、わざと破壊したのだ。

狙い通り、大量の水を浴びて触手がふやけ始めた殺せんせーは、確実に動きが鈍くなっていた。

そんな姿を確認した茅野は、穴が開いた通路の屋根から、旧校舎の屋上へと飛び移る。

「大好きだよ、殺せんせー……」

哀れみを宿した目で殺せんせーを見下ろして、歌うように口ずさむ。そしてその目が、カッと大きく見開かれた。

「……死んで！」

茅野の触手が、殺せんせー目掛けて降り注ぐ。何とかそれをかわす殺せんせーだが、避けきれなかった触手が数本、切り落とされて吹き飛んだ。

「ウウ……」

水を吸い、触手を失い……さらに動きが鈍くなった殺せんせーに対し、茅野はとどめを刺さんと狙い澄まして触手を差しこむ。……はずだった。

「グ！」

叫んだのは、殺せんせーではなく茅野だった。突然頭を押さえて苦しみだした茅野に、狙われている殺せんせーはただ心配そうな視線を向ける。

「……茅野さん……」

片付けを引き受けた茅野に遅れて本校舎から戻ってきた生徒たちも、物音を聞きつけ、E組の旧校舎の方に集まってきていた。

「あれって……」

生徒たちの誰も、そこで繰り広げられている戦い……いや、異様な姿で屋上にうずくまる茅野を信じられない。

ふらふらと、渚も彼らのもとにやってきた。気づいた中村《なかむら》がそちらに駆け寄る。

「ねえ、渚！　アレって茅野？」

「……」

「渚！」

肩を揺さぶられても、渚はうつろな目をしたままだった。

殺せんせーはどうにか水とシーツの檻を脱出すると、旧校舎の屋上へと飛び移り、屋根の上で茅野と対峙《たいじ》した。まだ頭を押さえながら、茅野は静かに殺せんせーを見据える。

「茅野さん、君はいったい……」

「……ごめんね、茅野カエデは本名じゃないの」

「……」

「雪村《ゆきむら》あぐりの妹。そう言ったらわかるでしょ。……人殺し」

殺せんせーの顔色が、微《かす》かに変化した。

「触手を合わせて確信したよ……必ず殺《や》れる、今の私なら」

そう言い残して、茅野は触手を木々に絡ませ、いずこかへと飛び去っていってしまった。

生徒たちは、まだ瞬《まばた》きさえ上手《うま》くできない様子で、それぞれが必死に状況を整理しようとしていた。

長い沈黙のあと、誰に問うでもなく、独り言のように中村がつぶやく。

「茅野……ずっとあの触手生やしてたのかな？」

その言葉に、口を開けたまま考えることさえ諦めていた様子の寺坂《てらさか》が反応した。イトナの姿を探し、声を荒らげて問いかける。

「おい、イトナ！　オマエも触手持ってたよな？」

「そうだよ、何かわかんだろ？」

村松《むらまつ》も畳み掛けるように迫るが、最も呆然とした様子なのは、当のイトナだった。

「ありえない……メンテもせずに触手なんか生やしてたら、地獄の苦しみが続いてたはずだ」

〝地獄の苦しみ〟——イトナは決して誇張を言うような少年ではない。そのイトナが地獄と言うのだから、それは本当に、その通りの苦しみなのだ。中学生はおろか、大人でもとても耐えきれないような。

茅野を思い、生徒たちは再び、重い沈黙に包まれた。

残酷な想像から逃れようとするかのように、吉田《よしだ》が別の疑問を口にした。

「しかも雪村あぐり、って、俺らの前の担任の先生じゃねーか」

「どういうこと？」

奥田《おくだ》のつぶやきに、答えはない。落雷のようにもたらされた新たな情報は、数式の解を導くのではなく、さらなる謎を呼ぶだけだった。

言葉を無くす生徒たちの前に、屋根から降りた殺せんせーが立つ。

誰もが咄嗟《とっさ》に何かを問おうとして、結局何も言えないままでいた。そんな生徒たちの中から最初に前に出てきたのは、原《はら》だった。どっしりした性分から、E組の〝おっかさん〟的な存在となっている彼女が皆の前に立つ様は、まるで本当に子供たちを守る母親のようにも見える。

「これだけ長く信頼関係築いてきたから、もう先生のことハナっから疑ったりはしないけど……」

と、やはり躊躇《ためら》いがあったのか、さすがの原も口ごもる。しかし原が口火を切ってくれたおかげで気を取り直すことができたらしい、女子の中では一番に気丈な中村が、すぐにその言葉を継いだ。

「うん、もう話してもらわないと、先生の過去の事。じゃないと誰も今の状況に納得でき

ない し……」

「そうよ、ちゃんと説明して」

狭間《はざま》も同意する。

殺せんせーは無言のまま、生徒たちを見つめた。

その迷う背中を急《せ》くように、静かだがごまかしのない言葉で、カルマが問う。

「殺せんせー、茅野ちゃんが先生のこと〝人殺し〟って言ってたけど……過去に何かあったの？」

「……わかりました。先生の……過去の全てを話します。ですがその前に、茅野さんはE組の大事な生徒です。話すのはクラス皆が揃《そろ》ってからです」

殺せんせーの顔色に変化はなかったが、その小さな瞳の奥には確かな覚悟が感じ取れた。


夜が訪れた。

今夜はきっと、眠れない生徒が多いだろう。彼女——茅野という名前で呼ばれていた少女も、その1人だ。

校舎の裏山、フェンスの上……通常の人間ならバランスを崩して落下してしまいそうな高台の細いフェンスの上に座って、彼女は街の夜景を見下ろしながら、〝あの時〟の事件を思い返していた。

1年前の、あの日。

彼女は大きな封筒を手にぶつぶつと文句を言いながら、けれどどこか弾んだ表情で、その施設への道を歩いていた。

「もう、お姉ちゃんたら、本当に抜けてるんだから……。そんな大事な資料なら前の日にちゃんとバッグに入れておけばいいのに……」

そう、本当は少し嬉《うれ》しかったのだ。何故《なぜ》なら彼女はお姉ちゃんのことが大好きだった。少し抜けているけれど、それでも優しいお姉ちゃん。その働いている研究所に行くのも、認めないけれどわくわくしていた。

――あったあった。それにしても立派な建物だこと……。何を研究してるんだろ？

彼女が姉の職場に辿《たど》りつき、高くそびえる研究所の建物を見上げた瞬間だった。

ド――――ン!!

とてつもなく大きな破裂音とともに、見ていた景色が一瞬で白煙に包まれた。

「え…………お姉ちゃん！」

咄嗟だった。自らの危険を顧みることもなく、彼女は研究所に飛びこんでいた。

研究所の廊下は白煙に包まれ、1メートル先も見えないような状況だった。そんな中を研究員たちが右往左往している。彼らは白衣を着用しているせいで、白煙の中では余計に見えにくく、彼女は何度も誰かや何かにぶつかってしまった。それでも構っていられなかった。

——確か、こっちの方向だったと……。

以前も同じように姉の忘れ物を届けたときに、研究室を少しだけ覗《のぞ》かせてもらったことがある。ぼんやりとした記憶を頼りに、何とかそこに辿りつくことに成功した。しかし、

——こんなに広かったっけ？

そう思うのも無理はなかった。壁という壁、物という物が破壊されたため、部屋の区切りが失われ、がらんとした広い空間になってしまっていたのだ。

踏みこんだら出られなくなりそうな白く広い世界に、思わず立ちすくんだ。けれど激し

い勢いで水が噴射されているスプリンクラーのおかげか、やがて視界が開けてきた。

その光景は彼女が探し求めていたもので、しかし、彼女にとって最も見たくなかったものだった。

まず視界に入ってきたのは、大きな生物の姿だった。その生物は〝ほとんど〟人間の形をしていた。

なぜそれが完全に人間だと思わせなかったか……原因は、その生物の手足にあった。それは細長く、ひょろひょろしていて、そしてあまりに多すぎる……そう、手足というよりは、〝触手〟であった。

――化け物……！

そして彼女が即座にそう感じたのは、触手のせいだけではなかった。

ソイツが覆《おお》いかぶさるように、1人の女性を覗きこんでいたからだ。

頭から血を流し、床にぐったりと横たわる女性を、まるで喰《く》らわんばかりに覗きこんでいたからだ。

彼女の最愛の姉を――雪村あぐりを――、ソイツが、じっと覗きこんでいたからだった。

「お姉ちゃん!!」

叫ぶと、ソイツは何か紙のようなものを置き、消えるようにその場を去った。

繰り返し悲鳴じみた声で姉を呼び、彼女は駆けた。

近くで見ると、姉が呼吸すらしていないことがはっきりと確認できた。

それでも彼女は、揺り起こすように姉の身体《からだ》に触れてみた。そうすれば起きてくれると、半分どこかで夢のように信じていたのかもしれない。

「！」

触れた手のひらに何かぬめりとしたものを感じた彼女はすぐに手を引いた。そっと開くと、姉の血がべっとりと付着していた。頭だけでなく身体も血まみれだったのだ。

そんな手を拭うこともせず、今度は触手の化け物が残した紙を手に取った。

そこには、

『関係者へ　私は逃げるが椚ヶ丘《くぬぎがおか》中3年E組の担任なら引き受けてもいい　後日交渉に伺う　超破壊生物より』

そう、記されていた。

近くにアタッシェケースのようなものが転がっていた。

あの化け物に関するものだと直感した。

手に取った。開けてみた。

紙の資料と液体、そして注射器が入っていた。

彼女は、そのケースを胸に抱えると、別れを告げるように、もう1度、血まみれで眠っているような姉の顔を見つめた。


彼女は、色とりどりのネオンが瞬くビルの屋上に佇《たたず》んでいた。

姉を追って、ここから飛び降りる？　——そうではない。彼女を支配するのは生きる意志、いや、それをも飛び越えた力強く激しいものに他ならなかった。

——あの見たこともない怪物に対抗する手段は……この中にあるはず……。

あのアタッシェケースに入っていた資料を読みこんだ。難解ではあったが、それでも最低限のことは理解できた。

「〝人間に後天的に移植する……触手〟？　〝強大な力を得られる反面、メンテナンスを怠れば地獄の苦しみ〟？」

あまり目にすることのない文字列が、淡々と、極めて事務的に並んでいたが、さすがに〝地獄の苦しみ〟という表現は強く気にかかるものがあった。

滲《にじ》むような恐怖を、頭を振って追い払う。空《から》にした頭の中に湧き出すように、姉との日々が次々と蘇《よみがえ》ってきた。

温かかった日々の記憶が、少女の中に冷たい熱を宿す。生きる意志――いいや、それは似て非なるもの。

姉のあとを追ったりしない。生きて、どんな手を使ってでも……あの化け物を、殺す。

凍った彼女の表情からは、もはや〝復讐心《ふくしゅうしん》〟しか感じ取れなかった。

注射器に丁寧に液体を吸いこませると、それを視線の先にかざす。それは無数のネオンの灯《あか》りを受けて、魔法のような極彩色にきらきらと光っている。

「〝地獄の苦しみ〟なんて、どうでもいいよ……」

彼女は躊躇《ちゅうちょ》することなく自らのうなじにそれを突き刺すと、ゆっくりと確実に液体を体内に滑りこませていった。


――私は、椚ヶ丘中学の転入試験に合格して、自分からE組に落ちた。ここに必ず現れるであろう、あの怪物に復讐するために……。

長い夜が明けていた。彼女は肩と背中の部分が大きく開いたホルターネックのワンピースを身に纏《まと》っている。全体的に言えばだいぶ露出が多い格好だが、アンバランスに首もとに巻かれた分厚いマフラーが目を引いた。

彼女自身はその服装に疑問がないのか、無表情で裏山に捨てられていた鏡の前に立っている。もう角の部分は割れ、鏡面も曇ってしまってはいたが、顔の部分ははっきりと映った。

そして、彼女は笑顔を作った。3年E組でクラスメイトたちとふざけあっていた、〝茅野カエデ〟の無邪気な笑顔だった。

その表情が、しかし徐々に変化していく。笑顔が消え、能面のような空白があり、そして――急な雨雲のような殺意に覆われていった。

「ハァハァ」

彼女はうなじの触手を振りかざすと、決意を固めた眼《め》で鏡を粉々に破壊した。

「？」

と、背後から犬のような声が聞こえてきた。

振り返ると、そこにいたのはイリーナにリードで繋《つな》がれ、何故か犬の格好をした殺せんせーである。ご丁寧に４本足で走ってきたせいで、その呼吸は本物の犬並みに荒い。

「ハァハァ……犬に変装したおかげで、茅野さんの匂いを自然に辿ることができました」

「どこが自然や!!」

イリーナが突っこむ。後ろには矢田《やだ》、倉橋《くらはし》といった姿もある。

少し驚いた様子の彼女は、だがすぐに余裕の笑みを浮かべた。

「来たね……じゃあ、終わらそ！」

ずっとクラスメイトとして過ごしてきた少女の笑顔に、生徒たちが本気で身震いするような恐怖を感じたのは、これが初めてだった。


決戦の場は、３年Ｅ組の校庭だった。

Ｅ組の生徒たちは、まるでコロシアムの壁のように、２人を囲む形で見守っている。誰も、どちらに加勢することもできなかった。

「あの格好。……触手のせいで代謝バランスが不安定だから、首元だけが妙に冷えるんだ」

茅野を見つめ、イトナがつぶやく。自らもかつて触手を生やしていたために、首元だけを完全防備した格好の理由がわかったらしい。

渚が一歩、茅野に向けて足を踏み出す。

「……ねえ茅野？」

殺せんせーを静かに見据えていた茅野であったが、クラスで一番、聴き慣れた声に、思わず振り返った。

「全部、演技だったの？　楽しいこと色々したのも。苦しいこと皆で乗り越えたのも」

「演技だよ。これでも私、昔は天才子役って言われててさ。ひ弱な女子を演じてきたの。先生殺る前に正体バレたら、お姉ちゃんの仇《かたき》が討てないからね」

「殺せんせーの話だけでも聞こうよ」

「うるさいね……」

明らかに苛立《いらだ》った様子で茅野が渚を睨《にら》む。

「部外者は黙ってて！」

茅野のうなじから触手が伸び、さらにそこから炎が上がった。渚を含めた全員が反射的に後ずさる。熱から身を守るように身構えながら、イトナが驚愕《きょうがく》の声を漏らす。

「代謝バランスの乱れで生まれた熱を触手に集めた!?」

「キャハハハ！　燃えろ、燃えろ！」

茅野はすでに我を忘れていた。

笑顔の仮面の下で温められ、育ってきた憎悪が、炎の鞭《むち》となって容赦なく振り下ろされる。一見大振りで大胆すぎるにも拘《かか》わらず、そのひとつひとつが的確に殺せんせーを捉え、追いこんでいく一撃だった。

触手をひとつ振るう度に狂気を帯びていく茅野を目の当たりにして、寺坂はすがるようにイトナに尋ねた。

「おい、イトナ……どうなんだ、茅野は⁉」

「俺よりもはるかに強い。今までの誰より殺せんせーを殺れる可能性がある。……けど、あんな戦い方は、肉体と精神への負担がでかすぎる」

確かに茅野は、この世のものとは思えないような不気味な笑みを浮かべていた。単なる恨みの噴出だけではない。

「……もう精神が触手に侵蝕《しんしょく》され始めている。あそこまで侵蝕されたらもう手遅れだ」

イトナの分析は冷たく聞こえるが、それが事実であることは生徒たちも肌で理解していた。

――と、突然、生徒たちの前に殺せんせーの顔が浮かびあがった。カルマが真顔になる。

「何で顔だけ？」

「先生の分身です！　茅野さんの猛攻で余裕が無さすぎて、顔だけ伸ばして残像を作るのが精一杯です！」

「それはそれで器用だな！」

相変わらず謎すぎる生態に、こんな危機的状況でもやはり突っこまざるを得ない村松だった。

しかし、当の殺せんせーは真剣そのものだ。

「このままでは茅野さんは触手に生命力を奪われて死んでしまいます！　一刻も早く触手を抜かなければ！」

「どうやって抜くんだよ!?」

寺坂が叫ぶように問う。

「彼女の殺意と触手の殺意が一致している間は、触手の根が神経に癒着して離れないのです。だから、先生の急所を、一旦、突かせます」

「急所、ってどこだよ!!」

寺坂がさらに声を荒らげて聞き返す。応じたのは、殺せんせーではなくイトナだった。

「殺せんせーの急所はネクタイの下に位置する心臓だ。……シロに聞いた」

シロ——かつてイトナに触手を与えた白装束の男。殺せんせーを狙い、その生態にも詳しいそぶりを見せていた奴なら、確かに知っていてもおかしくない。

「おい、そうなのか？」

「ええ、イトナくんの言う通りです。心臓を完全に破壊されれば先生は死にます。茅野さんの触手が先生の心臓に深々と突き刺さり〝殺した〟という手応えを感じさせれば、触手の殺意は弱まります。その瞬間に、なんとか茅野さんの殺意を忘れさせてください。方法は何でも構いません!!」

「でも、そんなことしたら殺せんせーが先に死んじゃうんじゃ……」

本来はターゲットである相手の身を本気で案じる発言にも、今は誰も疑問を抱かなかった。殺せんせーは、他人事のようにその心配を受け流す。

「まあ、先生の生死は五分五分でしょう。でもね、クラス全員が無事に卒業できないことは、先生にとっては死ぬよりも嫌なことなんです……お願いしますよ！」

そう言い残して、殺せんせーの顔（分身）は消えてしまった。

その間にも茅野は殺せんせーに攻撃を加えながら、その勢いで周辺の木々までも引きちぎる。

「キャハハハ！　キャハハハハ！」

いとも簡単に舞い上がる木々は、炎の触手によって引火し、さらに大きな炎をもたらすことになった。

燃え滾《たぎ》る大木が炎の触手で振り回され、殺せんせーを打ちすえる。そして茅野は、業を煮やしたかのようにふと笑いを止めて殺せんせーを摑《つか》むと、力いっぱい校舎に叩《たた》きつけた。

「もう……いいかな……」

ひときわ鋭い気配を纏《まと》った茅野が、Ｅ組の校舎の屋根へと飛び移る。

——茅野の殺意を忘れさせるには……何かないのか……。

渚は必死に考えていた。今までの訓練、色々な事件を思い返し、今とれるあらゆる手段を考える。

——ナイフ、狙撃……どれも茅野を傷つけるものばかりだ……。

——茅野を傷つけず、救う方法……何かないのか……何か……！

茅野は、校舎の屋根の上から殺せんせーを睨み下ろす。その佇まいには、すでに勝者の気配が漂っている。……散々炎の触手を受けて、もう殺せんせーはろくに動けない。あとは確かに狙いを定めて、心臓を、貫くだけだ。

ゆっくりと触手を振り上げ、殺せんせー目掛けて振り下ろした。

茅野のうなじから伸びた触手は、唸《うな》りを上げて、殺せんせー目掛けてまっすぐに突進していった。そして、

「グハ！」


茅野の触手は、殺せんせーのネクタイの位置——つまりは唯一の急所である心臓に、深々と突き刺さった。

「殺ッ……タ……」

ついに復讐を成し遂げた、という確信。

しかし殺せんせーは苦しみながらも、心臓に突き立っている茅野の触手を力強く摑んだ。

「!?」

「君のお姉さんに誓ったんです。君たちからこの触手を放さない、と……」

今にも息絶えそうな声で、諭すように言った。

茅野は触手を引き抜こうとしたが、どこにそんな力が残っていたのか、殺せんせーは茅野の触手を摑んで放さない。顔を歪《ゆが》めた茅野は、その時、背後に人の気配を感じた。

振り向くと、そこには渚が立っていた。

――渚、いつの間に……。

小さな混乱。そして次の瞬間、渚は茅野の方に倒れこんできた。

――え？

正確には、茅野がそう錯覚しただけだ。渚はごく自然な流れるような身のこなしで、茅野との距離を縮めただけだった。

渚の顔が間近に迫ってくる。

渚と茅野、２人の唇が重なった。

――ちょ……と……。

一瞬、触手をビクッと反応させた茅野だが、その後は花がしおれていくように徐々に力をなくしていった。

やがて脱力しきったその身体が、崩れるように屋根から落ちる。

「茅野」

茅野を抱きかかえたまま、渚も同じく落下していった。

「キャー!!」

「おい、渚!!」

悲鳴を上げて生徒たちが駆け寄る。が、幸いに落ちたのが植えこみの真上だったことと、烏間《からすま》じこみの受け身術のお陰で、渚も茅野も無傷なようだった。

「満点です、渚くん! 今なら抜ける!」

茅野はまだ焦点が定まらない様子であった。殺せんせーが素早く触手を伸ばす。

渚はすぐに起き上がり、茅野の肩を掴んで力強く言った。

「言わせないよ、茅野。全部、演技だったなんて。E組での思い出。皆で楽しく過ごした事。復讐しか頭になかったなんて……僕が言わせない」

「……」

全ての触手が殺せんせーに搦《から》めとられ、うなじから引き抜かれると、茅野はふっと意識を失い、ぐったりとしてしまった。

「殺せんせー、茅野は」

「……大丈夫。じきに目が覚めるでしょう」

「助かったの?」

「良かった〜!」

歓喜の声を上げ、生徒たちが渚たちを取り囲む。

その一方で、殺せんせーは緊張した空気のまま、校舎の陰に目を向けていた。

茅野が意識を失ったのと同時に、踵《きびす》を返し去っていくその後ろ姿は……。

「シロ……」


校舎の裏山を足早に歩く白装束の男——シロは、ふと足を止めた。

ゆっくりと振り返ると、そこにはマッハで移動してきた殺せんせーが立っている。

「アナタはいったい……？」

「……使えない娘だ。自分の命と引き換えの復讐劇なら、もっと良いところまで観《み》られるかと思ったがね……」

馬鹿にしたように鼻で笑ったシロは、ふいに覆面に手を掛ける。

「それにしても大した化け物だよ。いったい1年で何人の暗殺者を退けて来ただろうか」

どうやら白い覆面の口の部分には、ボイスチェンジャーのような装置が付けられていたらしい。覆面が剝《は》がれていくにつれて、シロの声は徐々に変化していく。

殺せんせーは、覆面を取ったシロの素顔を真《ま》っ直《す》ぐに見つめた。渦巻く殺意を凝《こご》らせたような、凍《い》てついた目をした男。

「フ……せいぜい残り少ない時間をアイツらと楽しむがいい……」

嘲るように言い捨てて去っていく、シロと名乗っていた男の本名を——殺せんせーと呼ばれるその化け物は、よく知っていた。

「……柳沢《やなぎさわ》……」


「……最初は、純粋な殺意だった」

E組の教室。自らの席には着かず、大きな穴が開いた壁に背を預ける茅野の独白は、そんな言葉から始まった。

「でも、殺せんせーと過ごすうちに殺意に確信が持てなくなっていった。この先生には私の知らない別の事情があるんじゃないか、って……。でも、その頃には触手に宿った殺意が膨れ上がって、思い止《とど》まることを許さなかった……」

生徒たちは黙って、独り言のようなその声を聞いていた。茅野がうつむいたまま無言になっても、皆、何も言わなかった。

教壇に立つ殺せんせーが、茅野を見、そして各々の席に座る残りの生徒たちを見渡して、穏やかに口を開いた。
「できれば過去の話は最後までしたくなかった。けれど、しなければいけませんね。君たちの信頼を、君たちとの絆《きずな》を失いたくないですから……。先生はね、教師をするのは、このE組が初めてです。にも拘わらず、ほぼ全教科を滞りなく皆さんに教えることができた。それは何故だと思いますか？　前に先生は皆にこう言いました。〝優れた暗殺者は全てに秀でているもの〟だと」

そう、2年前まで先生は……〝死神〟と呼ばれた殺し屋でした。

まるでお伽噺《とぎばなし》のようなその単語にも、生徒たちは誰も表情を動かさなかった。この人智《じんち》を超えた教師の下で、物語のような危機を幾つも乗り越えてきた彼らには、全てを現実として受け入れる覚悟ができている。
「かつて完璧な殺し屋が存在しました。笑顔は優しく、言葉遣いは丁寧で、とても殺し屋とは思えませんでしたが、力が強い者は知識で殺し、頭が良い者は力と技で殺し、両方とも強い者は人間的魅力で闇に葬っていきました。そして１０００人を殺す頃には、彼は……いや、私は〝死神〟と呼ばれるようになりました……」

四時間目
死神

豪雨だった。

中世の趣を色濃く残す東欧有数の街並みも、今は磨《す》りガラスを通したようにけぶり、景観を楽しむのは難しい。水はけが悪いらしく上に数ミリばかりの水の層を湛《たた》えた石畳は路地の奥まで続き、そこで周囲を壁に阻まれる。

〝死神〟と呼ばれる伝説の殺し屋……とはとても思えない細身の彼は、そこで5人の〝同業者〟に囲まれていた。そこに仲間意識などはなく、今まさに殺意を向けられている最中だ。

相手は拳銃使いとナイフ使いが2人ずつ、マシンガンを抱えた男が1人。対する死神は素手。それでも、その表情には欠片《かけら》の焦りも浮かんでいなかった。

——拳銃の男が狙いを定めてトリガーを引いたと思った瞬間にはもう、風のように間合いを詰めた死神が、その腕を捻《ひね》りあげていた。

別方向からマシンガンの銃弾がばら撒《ま》かれる。最初の男の身体《からだ》が死神によって盾にされ、それを受け止めて小刻みに跳ねた。1人。

投げ捨てられた死体が水をはね上げる。別の拳銃使いも標的を狙って撃ちつづけていたが、それも懐にもぐりこんだ死神の肘が顎を打ちあげるまでだった。取り落とされた銃が地面に落ちきる前に手品のように死神の手が閃《ひらめ》けば、その銃から放たれた弾丸でマシンガンの男が絶命している。2人。ついでとばかりに、銃を取り落とした男の首を折る。3人。

銃弾すら軽々と見切る読みと神速に翻弄されるばかりだったナイフの男のうち片方が、ここでようやく死神を間合いに捉えた。死神がナイフを奪うためにわざと近づかせたのだと気づいたのは、その通りに凶器を奪われ数メートルほど蹴り飛ばされたあとだった。

もう1人のナイフ使いを死神が片づけている間に――これで4人――、蹴り飛ばされた男がマシンガンを拾いあげて連射したが、死神は動じることもなく、しなやかな身のこなしで宙を舞いながらナイフを放つ。

まるで見えない神の手に操られるように、雨粒を裂いた刃が男の胸に真《ま》っ直《す》ぐに突き刺さった。

凄腕《すごうで》の殺し屋が、たった5人。死神にとっては、あっという間で済む人数だ。

信じられないという顔で息絶えた男が石畳に激しく口づけをする重い音が響いたあとは、辺りは静寂に包まれる。

死神は、倒れている殺し屋たちをゆっくりと見渡した。

「？」

殺し屋たちの誰かに、まだ息があったわけではない。が、死神は不吉なものを感じて眉を寄せた。

その瞬間である。

死神の背後の壁が、前触れもなく突き破られるように崩壊した。雪崩をうって襲い掛かる瓦礫《がれき》――呑《の》みこまれていく死神が辛うじて視界に捉えたのは、それだけだった。

開いた穴の向こうから、トレンチコートを身にまとった男たちが現れる。彼らは死神が気絶しているのを確認すると、さらにその後ろにいた人物へと声をかけた。

「柳沢《やなぎさわ》博士、モルモットを捕まえました」

現れたのは、スーツを着た1人の男――。

「クックック……」

柳沢、と呼ばれたその男は、瓦礫の下敷きになっている死神を見下ろして、不敵な笑みを浮かべた。

「……私が連れて行かれたのは国を超えた非公式の研究組織でした。優秀な頭脳と強靱《きょうじん》な肉体を持つ私は、組織が進めている特殊な研究に打ってつけだったのです……」

〝死神〟だった教師は、淡々と語り続ける。

豪雨の中、白い特殊トレーラーが研究所の施設に入ってくる。

サーチライトと銃口が集まるトレーラーのテールゲート。厳重に鎖を巻かれた死神は、降り立つなりストレッチャーに乗せられ、独房にある実験台に拘束された。

そんな死神の横に、再び、柳沢が立った。

「私が研究しているのは、わずか０・１グラムの原料から核爆弾並みのエネルギーを生み出すという技術だ。実現すれば石油や原子力に代わるエネルギー源となる。まさに夢の研究なのだよ」

演壇に立った独裁者のように雄弁に語る柳沢に対し、死神は大した反応を示さなかった。

柳沢は冷酷な目で死神を見据え、吐き捨てるように言い放った。

「いいかモルモット。今からおまえの身体は全体的に改造される。ここでのおまえの仕事は、自分の体調や感覚の変化を正確に報告することだ。俺の世紀の研究に選んでやったんだ、感謝してしっかり働けよ」

死神は静かな眼差《まなざ》しで柳沢を見た。

ある日、アクリルケージで囲われた独房に監禁されていた死神は、入り口の方から声がするのを耳にした。

「わぁ、意外！」

振り向くと、立っていたのは1人の白衣の女性だった。電子カルテを手に、動物園の生き物でも覗《のぞ》きこむような無邪気な瞳で、ケージ越しに死神を見つめていた。

「今日からあなたのデータを集計することになりました。研究員の、雪村《ゆきむら》あぐり、と申します」

「どうも……」

「どうも。それにしても……すっごく優しそうな人なんですね？」

あぐりは死神の顔をまじまじと見つめながら言った。死神は柔らかく微笑《ほほえ》んでそれに応える。

「でしょう？　何もしないから解放してくれませんか？」

「ダメです。もし殺されたら、私、死んじゃうもの……」

指で×印を作ってみせるあぐりの、どこか奇妙な返答に不思議な感情を覚えた死神は、だが次の瞬間、別のことに気を取られた。じっと見つめる死神に、あぐりは首をかしげる。

「何か？」

「……そのTシャツ……ダサくないですか？」

白衣の下に垣間《かいま》見えるあぐりのTシャツ──ぎこちない色使い、バランスの悪い箇所にでかでかと引かれた横線。そして躍る『腹八分目』という文字。

どう見ても、ダサかった。

「え！　やっぱり……」

あぐりはすぐに白衣を開き、哀《かな》しげに自分のTシャツを見下ろす。

「そっか……私の生徒にも何故《なぜ》か評判悪いんです」

「生徒？」

死神が聞き返したとき、柳沢が早足で入ってきた。部屋に踏みこむか踏みこまないかのところで、苛立《いらだ》った怒声が突き刺さる。

「おい、あぐり。チェックデータひとつ取るのに何分かけている！」

柳沢はあぐりに歩み寄り、その頭を手に持ったバインダーで躊躇《ためら》いなく叩《たた》いた。それほど強い力ではなかったが、部下に対するにしてもあまりに横暴だ。

「ごめんなさい、誇太郎《こたろう》さん」

「早くしろ」

吐き捨てると、来たとき同様苛立たしげな早足で独房を去っていく。

頭を押さえながら、あぐりは死神に向かって照れくさそうに微笑んだ。

「あの人……親に決められた許婚《いいなずけ》なんです……」

「許婚……こんな時代に？」

「でも、頭だけは叩いてもらいたくないなぁ……」

「何か不都合でも？」

「一応、昼間は中学の教師をやってるんで……頭悪くなっちゃったら困ります」

あぐりはまた微笑を浮かべて見せた。


一度言葉を切って、死神は……殺《ころ》せんせーは茅野《かやの》を見た。茅野は、あぐりの名を聞いた瞬間ぴくりと肩を震わせ、生徒たちの幾人かも不安げに視線を向けている。

一呼吸のあと、再び彼は語り始めた。

「昼は教師をしている、という彼女は、私にたくさんの話をしてくれました……」

「……ですから、２次方程式なら、この位は捻《ひね》らないと歯ごたえがない……」

「……」

「……聞いてます？」

そう問われ、あぐりはハッとした様子でアクリルケージの向こうの死神を見る。息で曇らせたケージに指で書かれた方程式をもう1度眺めたあと、ため息をつくように胸の底から声を零《こぼ》した。

「どうして死神さん、こんなに教えるのが上手なんですか？」

「いや、別に……」

「すごい……本当にすごいです……。死神さんって、一体、何者？」

そして、あぐりは死神の顔を覗きこむように尋ねる。この仕草ももう、見慣れたものになっていた。

「ただの殺し屋ですよ」

「それに比べて私なんか……」

哀しそうにうつむくあぐり。突然思い悩んでしまった様子の彼女に、果たしてどう声を掛けてやればよいのか……さすがの死神でも咄嗟《とっさ》に正解を弾《はじ》き出すことはできなかった。

「ええと……あの……」

「……あ……すみません」

呼びかけで我に返ったあぐりに、死神は率直な質問を投げかけることにした。

「学校で何かあったんですか？」

あぐりは小さく頷《うなず》くと、溜《た》まっていたものを吐き出すかのように口を開く。

「私が教えているクラスは進学校の落ちこぼれクラスなんですけど……今日、生徒たちにこう言われちゃいました。〝俺たちはしょせん落ちこぼれだから、今さら頑張ったってしょうがない〟って……。どうしたらいいんだろ……」

「〝落ちこぼれ〟……？」

「Ｅ組の皆も、やればできる子たちなんですけど、負け癖がついてしまっていて……。もうすぐ次の生徒たちも入ってきます。今度こそ、生徒たち全員をしっかりと見て、自信を取り戻してあげたいんです」

「芽を摘むのではなく育て、人を殺すのではなく生かす……」

今度は死神が軽くうつむく番だった。珍しく深く考えこむようなその様子に、あぐりが少し慌てた声を上げる。

「え、死神さん、また私、変なこと言っちゃいました？」

「いいえ。面白いものですね、〝教師〟という世界は……」

「ええ……本当に」

あぐりは優しく微笑んだ。

殺風景で殺伐とした独房を、一瞬、やわらかな空気が包む。

――だが、それはすぐに切り裂かれた。

「グ！」

突然、死神が小刻みに震え、苦しみ始める。死神の身体を包む拘束着……そこにしこまれた装置が流す電流によるものだった。

独房のスピーカーがけたたましくハウリングし、あの独特の冷たい声が響く。

「リラックスタイムは終わりだ、モルモット。実験再開だ」

あぐりは哀しそうに死神を見つめた。

死神は実験室の拘束台に固定され、頭にはヘッドギアが着けられていた。

彼の脳の波形が映し出されるモニターがあり、研究員が解析を行っている。

拘束台を見下ろすように腕を組んで仁王立ちしている柳沢が短く言った。

「流せ」

と、死神のヘッドギアのＬＥＤライトが点滅する。

「グ……」

脳を多量の電流がかき回す苦痛に、死神は必死に耐えた。

声をほとんど漏らさない死神の内面を代弁するかのように、脳波のグラフだけが大きく波打った。

別の実験では、死神は特殊な形をしたマスクのようなものを着けさせられていた。呼吸を計測するモニターも準備されている。

身動きの取れない死神の腕に、研究員が注射を打つ。薬品の効果で次第に呼吸が荒くなるが、呼吸を制限するマスクのために十分に酸素を体内に取り入れることができない。

そんな死神の心中など微塵《みじん》も察しようとはしていない様子の柳沢は、淡々とデータについて研究員と会話を続けていた。

またある日、身体に心電計やその他いくつものコードを装着された状態の死神は、怯《おび》えるでもなく静かに柳沢を見つめていた。

「珪素《けいそ》プラットフォーム定着確認。明日から加速粒子の封入試験を開始する」

研究員たちに指示を送っていた柳沢は、視線を感じて振り返る。動けない状態の死神を覗きこむようにして、いつもの冷たい笑みを浮かべた。

「ああ、モルモット、お前は何も心配するな。どのみち俺の崇高な研究は聞いても理解できんしな」

死神はただ、優しいほどの微笑を浮かべるだけだった。

「で、体調や感覚はどうだ？　それを正確に報告するのがお前の役目だということを忘れるな」

「手足が大分しびれますね。あと寒気も少々……」

死神の報告を聞いた柳沢は、クルリと死神に背を向けると、研究員たちを集めた。今日必要なデータは全て集めたからか、その様子からは死神に対する一切の興味が感じられない。

「末梢《まつしょう》神経障害が出てるようだが……何か対策は？」

「……アルカロイド系はもう投与を止めた方が……」

残忍な暴君に進言するかのように、研究員が控え目に提案する。

「ふむ……そうだな。高分子重合に影響が出たら元も子もない……」

研究員たちとデータを解析している柳沢の背中を見ながら、死神は内心でつぶやく。

――暗殺のためにあらゆる知識を身につけた私が、まさかこの研究の意味を理解していないとでも？

実験をコントロールしているのは、柳沢ではない。研究員たちも柳沢も、自分たちがモルモットと呼ぶ男の掌《てのひら》の上で転がされていることにまだ気づいていない。

――このままいけば、人知を超えた破壊の力が手に入る！

死神の不敵な微笑みに、注意を向ける者は誰もいなかった。

ある日の実験で〝それ〟は遂《つい》に姿を現した。

拘束された死神の掌に電流が流されると、外部刺激を受けたその指先は突然、にゅるり、とムチのようにしなったのだ。

「これは……まさに触手だな」

柳沢は死神の指先を見て、息を呑んだ。それはむしろ、空腹の状態で高級料理を前にして、浅ましくつばを飲んだようにも見えた。

それほどこの化学変化は、柳沢にとって大きな成果であったのだ。

死神のデータを確認した研究員が、心なし勢いこんで柳沢のもとにやってくる。

「被験者の肉体が未知の変化を始めています」

研究員の報告を聞いて、柳沢は、もう1度、死神を見つめ直した。

「巨大なパワーを秘めているだけに、逆らったときの事を考えて、独房のセキュリティを強化すべきかと」

大きな手応えを感じて悦に入る柳沢に、いかにも恐れ多いといった調子で、研究員はいつも以上に慎重な物言いで進言する。

柳沢は一瞬、表情を曇らせたが、すぐにいつもの冷酷な笑みを浮かべた。

「もし、ヤツが脱走を企《たくら》むなら、あぐりを人質に取る。こっちにとっちゃ、あの女が人質になろうがどうにでもなる。いわばあの女は、モルモットの邪心を測る捨て石だ」

死神と、彼のデータを集計するあぐりは、日々、何気ない会話を重ねるうちに、徐々にその距離を縮めていった。

「私には戸籍というものがありません。それに自分の本名も、いつどこで生まれたのかも、何も知らないんです」

死神がそう零すと、あぐりは当の死神の何十倍も心を痛めたような表情になる。

「そうなんですか……」

「雪村さん、あなたの戸籍は……もうすぐ変わるんですよね？」

「ああ、柳沢さんのことですか……。私の父が柳沢さんのお世話になっていた関係で許婚になったんですけど、あの人にとって私は女じゃなくて召し使いなんです。なので、彼の才能はすごく尊敬してますけど、どうしても好きになれなくて……」

柳沢の話をするうちに、あぐりの表情が曇っていった。

「あ、何かしゃべりすぎましたね、私……。あ、そうだ、今度、クラスでやるクリスマスパーティーの衣装、着てみたんです。ちょっと見てもらえますか？」

取り繕うように早口で言ったあぐりは、ばさりと勢いよく白衣を脱ぎ捨てる。

「ジャーン!!」

そこから現れたのは、際どいチューブトップのサンタの衣装であった。

が、死神の視界には衣装ではなく、圧倒的な存在感を放つあぐりの胸の谷間しか映らなかった。

その時の死神の表情を、人は〝だらしなく鼻の下を伸ばした〟と形容するのだろうが、残念ながらあぐりはそのあたりの機微もズレていたらしい。死神があまり〝理解していない〟と捉えたあぐりは、さらに衣装を纏《まと》った身体――死神にとっては谷間――をアクリルケージへと近づけていった。

「どうですか?」

すると、死神の口から答えはなかったが、鼻からスーッと一筋の血が垂れた。加えて、ケージについた両手の指先が触手化してうにょうにょとゆるくうねっている。

これにはさすがのあぐりも状況を理解した様子で、「あ……」と顔を赤らめると、胸を隠すように白衣を着直した。

「ち、違うんですよ!　おそらくこれはきっと実験の影響とかで!!」

これまでになく焦った様子の死神は真っ赤な顔になって、しどろもどろに言い訳した。

そんな死神を見てあぐりはクスリと微笑んだ。

「なんか、触手さんって正直ですね。柳沢さんがあなたの身体に何をしたのか、私にはわからないし止めもできない。でも、どんな形にも自在に変われるその触手は……あなたがどうなりたいのか、を映す鏡かもしれませんね」

「私の？」

死神はにゅるりとした自分の指先を見る。あぐりの谷間に興奮して、嬉《うれ》しそうにくねるのを止められなかった触手。

「きっと、そう。もし平和な世界に生まれてたら、あなたはちょっとHで、頭はいいのにどこか抜けてて、せこかったり意地張ったり……そんな人になっていた。優しい笑顔もビジネスじゃなくて、あなたは本当に優しい人」

あぐりはいつものように、優しく微笑んだ。

――私が……〝優しい人〟？

死神と呼ばれる男にとって、それは全く信じられない言葉だったが、どうしてか今まで感じたことのなかった不思議な温かさを感じた。

「あ、そうだ、バイタルチェックしなきゃ。また柳沢さんに頭、叩かれちゃう……」

仕事を思い出したあぐりはタブレット……電子カルテを手に取り、咳払《せきばら》いをひとつして死神に尋ねる。

「最近、何か体調の変化はありますか?」

「熱収支のバランスが悪いのでしょうか。首から胸元の辺りが妙に冷えるんです」

「なるほど……」

胸の辺りをさする仕草に頷《うなず》いて、あぐりは死神の報告をカルテに書きとめていく。

やがて1年が経《た》つ頃には、死神と雪村あぐりは何でも話せる関係になっていた……。


そして3月、独房にやってきたあぐりは、自分のバッグから丁寧に包装された包みを取り出して、死神に掲げて見せた。

「これ、プレゼントです」

「〝プレゼント〟?」

あぐりは包装の手順を遡るかのように、ゆっくりと、丁寧にテープを剝《は》がして包みを解いていく。センスの良い包装紙の下からは、同じく上品なデザインの箱が現れた。

その箱を自分の顔の辺りまで上げると、あぐりは「ジャーン!」と一気に蓋を取って死神に中を見せる。

「首元が冷えるって言ってたから。これだったら広い範囲カバーできますよ」

「……どーも」

一応、感謝の言葉を口にした死神だが、その顔には露骨に〝ダサい〟という言葉が浮かんでいた。

「お気に召さないのはわかりました。最近、あなた、すぐ顔に出るから」

「いえ、そうじゃなくて……なぜ、唐突にソレを？」

「今日、あなたと知り合えて、ちょうど1年です。誕生日がわからないなら、今日をあなたの生まれた日にしませんか？」

死神が真剣な表情になる。それをそっとほぐすかのように、あぐりは春のような優しい笑顔になった。

「いっぱいお話聞かせてもらいました。いっぱい相談させてもらいました。出会えたお礼に、誕生日を贈らせて下さい」

「……頂きます」

今度は、死神は心の底から微笑んだ。

あぐりが安堵《あんど》した様子で表情をゆるめる。

「良かった……。でも、これは多分、渡せないんです、規則だから。私が直接つけてあげたかったのに。色々、思い通りに行きません。結局、去年の私は、E組の生徒のほとんどの眼《め》に光を灯《とも》すことができなかった。そして今年も、同じ眼をした新しい生徒たちが目の前にいます。もっともっと教師としての腕を磨けば、全員に自信を取り戻させることができるかもしれない……」

「なら……」

「だけど時間が無いんです。柳沢さんから、教師を辞めて、ここの専属で働くように迫られてます。教えられるのは多分、今年が最後です。何としても彼らの助けになりたい。教師という仕事が好きだから……」

「……」

「死神さん……あなたに触れたい……。支えてくれたあなたに触れたい……感謝を渡して、最後の1年を頑張る力を与えて欲しい」

あぐりの指先が、縋《すが》るようにアクリルケージに触れた。泣いてはいない。けれど、彼女は哀しそうにうつむく。

死神はそんな彼女に小さく笑いかけると、ケージの反対側にそっと手を寄せる。

そして、悪戯《いたずら》っぽく囁《ささや》いた。

「内緒ですよ」

顔を上げたあぐりの目の前で——彼の触手は見る間に細く収縮していく。髪の毛よりもさらに、目にも映らないまでに、細く。

「すごい……」

あぐりは目を丸くする。

死神は通気口の隙間に、その極限まで細めた触手を差しこんだ。

あぐりの前に出てきた触手は互いに絡み合い、美しい人間の手を形作る。

その手はあぐりの頬《ほお》を包むように、優しく触れた。

「あ……」

「大丈夫……雪村さんならできます」

「……うん。……あぐりでいいですよ？」

死神とあぐりは引き寄せられるようにアクリルケージ越しに額を寄せ合った。

それが、２人が初めて触れ合い、完全に気持ちを通わせた日。

その事件が起こる、まさに前日の出来事だった。


「何が起きた!?」

研究所に隣接しているオペレーションルームに飛びこむなり、柳沢はそう叫んだ。この部屋では全てのデータ管理と被験者への遠隔操作が行われている。

いつも冷静、というより冷酷な柳沢が、研究所で人間味を感じさせる感情……〝焦り〟を浮かべるのはこれが初めてだった。もしも死神が見ていたら、さぞや痛快だったことだろう。

それでも告げられた事実の前に、その程度は些細《ささい》なことだった。

「月の7割が消滅しました！」

普通の人間ならまず事態を呑みこめないであろう。いや、端《はな》から自分には無関係なこととして捉え、逆に安心さえしたかもしれない。

しかし柳沢は研究者である。また月と聞いて、彼には思い当たることがあった。

「7割が消滅!?　まさか――」

モニターには月を撮影し解析したデータが、大きく映し出されている。愕然《がくぜん》と見上げる柳沢に、研究者の1人が答えた。暴君に怯えるいつもの態度ではなく、柳沢の予想を読み上げるかのように、淡々とした声音だった。

月には――生物の老化による不具合の検証のため、死神の細胞を移植したマウスが飼われていた。

「はい。あのマウスが、月面での実験中に……」

「こんな爆発を?」

食い入るように見つめたモニターの向こうで、三日月は静かに浮かんでいる。陰影によってそう見えるのではなく、7割が消滅して永遠に三日月状になった天体の全貌が。

柳沢はすぐに表情を引き締め、研究員を振り返った。

「……あのモルモットは!?」

「細胞分裂周期は極めて一定です。マウスと人間の細胞周期を対比すれば……」

研究員がカタカタとキーボードを叩いて、別のモニターに数字を打ちこんだ。

モニター上で様々な数値が躍り、そして最後に、『3月13日』という日付に収束する。

「……来年の3月13日。同じことがヤツに起きる……?」

哀れにも人類に死刑宣告をする役目を果たしてしまった研究員は、力なく頷いた。

「それはつまり、地球が滅ぶ、ということか!?」

柳沢はうわごとのようにつぶやき、その場に立ち尽くす。蒼白《そうはく》な研究員が震える声で問う。

「どうしましょう、柳沢主任……」

「……決まっている、ヤツは処分だ！　分裂限界の前に心臓を止めればサイクルは安全に停止させられる！」

そんな柳沢の叫びを、あぐりは廊下で聞いていた。

「死神さん……」

　あぐりはすぐに独房へと駆け出した。


　あぐりはオペレーションルームで聞いたことを、包み隠さず、全て死神に話した。本来、爆弾を抱えたモルモット自身に実験の内容、ましてや予想外の事故を明かすなどタブーに決まっている。だがあぐりは死神を信じていた。その優しい心を、研ぎ澄まされた頭脳を。きっと死神ならば、誰も傷つけない方法を見つけてくれると。

　話を聞いた死神は腕を組み、目を閉じて静かに考え始めた。

「望みを捨てずに助かる方法を探しましょう！　私にできる事なら何でもします！」

　あぐりの言葉にも、死神の反応はほとんどない。

　やがて開かれたその目は、もうあぐりを見てはいなかった。あぐりの知らない、どこか虚空の一点を見つめていた。

「人は死ぬために生まれた生物。まして私は殺し屋だ。呪われた死を迎えるのは当然の義務……。だが、せっかく手に入れたこの力……使わずに死ぬのはもったいない」

　死神の目の色が明らかに変化した。

「私はここを出る。さよならです、あぐり」

「ダメ！　悪いことする気でしょ、死神さん！」

柳沢はオペレーションルームで、1つのモニターを凝視していた。

月の姿でも、死神のデータでもない。独房を監視しているモニターだ。

「私は、楽しいあなたと一緒にいたい！」

そこでは柳沢の婚約者が、そんな言葉で男に取りすがっている。

強化ガラスは易々《やすやす》と割れた。死神は笑いもしなかった。触手という偉大な力を得た死神にとって、こんなものはいつでも壊せるオモチャだった。

行く手をさえぎるように立ったあぐりを、死神はじっと見つめた。

「止める気ですか？」

「はい！」

ため息1つ。そして次の瞬間、死神は、まるで被《かぶ》っていたマスクを剥ぐようにその顔つきを変えた。

「君がどうやって？　無駄死にする前に、とっとと去るがいい」

「え？」

「人質にする利用価値すら君には無い」

何も言えず立ち尽くすあぐりをもはや振り向くこともなく、自由になった死神は吼《ほ》える。

「さぁ、試してみよう……この力を！」

死神が身体に力を入れると、全身の触手が反応した。

1本1本に生命が宿っているかのように、それぞれが思い思いの方向にそそり立つ。全身からそんなモノを生やした死神のシルエットは、もうとても人間とは思えなかった。

異形のソレは独房を出て、ゆっくりとゆっくりと廊下を歩いていく。

廊下に設置されているハッチの数々が開き、そこからアンテナのようなものが顔を覗かせた。

高圧電流がアンテナから放たれる。別のハッチからは猛毒ガスが降り注ぐ。死神は避けようともしない。

「ダメです！　ガスも電流も効きません！」

研究員の叫びがむなしく響いた。

「ありがとう、柳沢。君の人体実験のおかげで、私はこの身体を手に入れることができた」

監視カメラに向かって、そう死神は言った。嘲笑《あざわら》うようにそれきり停止したモニターを、柳沢はどうすることもできなかった。

「この実験は俺じゃなくて、コイツにコントロールされていたのか!?」

怒りに打ち震える柳沢の視界に、その時誰かの影が映りこんだ。研究員ではない、ヤツでもない。あぐりだった。

「誇太郎さん、助けてあげてください。でないと、彼は……」

最後まで言葉を聞くこともなく、柳沢は彼女を突き飛ばす。

「拾ってやった恩も忘れて何様のつもりだ！　俺がいなきゃ生きていけないハズだ……。オマエも！　ヤツも！」

倒れこんだあぐりを、柳沢は罵りながら蹴り続けた。何度も。何度も。

「畜生！　畜生!!」


開くものもそうでないものも、合わせて十何枚目かのドアを破った死神を迎えたのは、強化ガラスを挟んだ向こう側に立つ柳沢の姿だった。

今までと変わらず、死神は悠然と近づいていく。柳沢はそんな化け物をせせら笑うと、白衣のポケットに入れていた手を出した。

「フ……生命を感知すると音速で襲い掛かる〝触手地雷〟だ……死ね」

リモコンのスイッチが押しこまれ、部屋の両側に置かれていた装置が作動する。センサーが死神の存在を捉え、次々と容器から射出された無数の触手が、死神の身体を貫いた。

「触手には触手をもって制す。クク、これならキサマも……」

総動員された触手地雷の牙は、すべてが深々と死神に食いこんでいく。これだけ打ちすえられれば、もとは人間に過ぎぬ死神などひとたまりもない……はずだった。

「……この程度じゃ死にませんねぇ」

「何!?」

死神が、嗤《わら》う。そして、ウォーミングアップは終わったとばかりに真の怪物がその牙を剝《む》いた。

暴れ回る死神の触手が地雷装置も飛んでくる触手も壁も天井も、その場にあるものを手当たり次第に破壊し始める。

——見よ、これが私の手に入れた力だ……！

このまますべてを破壊するつもりだった。それしか考えられなくなりつつあった。

けれど1滴の涼水を垂らすように、死神は、ふと誰かのぬくもりを感じた。

「ん？」

ぬくもりの源に目をやれば、誰かが死神に抱きついていた。

特別な力も頭脳もない1人の人間が、それでも必死になって、すべてを振り絞って死神を止めようとしていた。

「あぐり……」

「行かないでください！」

――そして、壊れずに残っていた1つの触手地雷が、感知した生命反応に向けて正確に触手の弾丸を発射した。

「あぐり!!!」

辺りには瓦礫が散らばっていて、スプリンクラーから水が止《と》め処《ど》なく溢《あふ》れ出ている。

死神は倒れているあぐりを、抱えるように支えていた。

――致命傷だ……医学を極めた私にも治せないような……。

自分に向けられた殺気ならば絶対に察知できた。それなのに、あぐりを守ることはできなかった。あの瞬間まで、あぐりを自分は見ていなかった。

死神は震える声であぐりに尋ねる。

「なぜ……飛び出さなければ私の巻き添えにならなかったのに」

「声かけた位じゃ、あなたは止まってくれない気がして」

あぐりは必死に笑顔を作った。今にも息絶えそうなのに変わらない微笑みが、むしろ哀しかった。

——確かにその通りだ。そしてあのまま外に出て行ってしまったら、歪《ゆが》んだ感情が触手を歪め、歪んだ触手が感情を歪め、私はドス黒い破壊生物として安定してしまうところだった。

——でも、呼び戻してもらったんだ。君の感触に……。

死神は天を仰ぎ、叫んだ。

「精密な触手を医療に使う訓練をしていれば救えたのに!! 気づく時間はたっぷりとあったのに!! 殺す力を、壊す力を、どうして誰かのために使わなかった!! 私が殺したも同然だ……」

あぐりの手が、自らを詰《なじ》る死神の言葉を制するように、ほんの少し上がった。

「私が……そうしたいからそう動いただけですよ。それに、ね……今のあなたになら私は殺されても良いと思っています。きっとあなたも、そんな相手に巡り合えますよ」

「君になら殺されても悔いはない」

死神はあぐりの肩を強く抱いた。

「だが、君以外にそんな相手がいるとは思えない」

「あなたの時間をくれるなら、あの子たちを教えてあげて……。あなたと同じように……あの子たちも闇の中をさ迷っている。真っ直ぐに見てあげればきっと答えは見つかるはず。……なんて素敵な触手。この手なら、あなたはきっと、あの子たちにとって素敵な教師になれる……」

そう言ってあぐりは死神を見つめた。

その瞳の焦点が、徐々に不確かなものになる。

やがてあぐりは静かに目を閉じた。

その瞬間、あぐりの身体は魂が抜けたように、フッと軽くなった。

——あぐり……。

全てを悟った死神は、あぐりのポケットに入っていたそれを手に取った。誕生日と一緒に贈ってくれた、心のこもった〝プレゼント〟。

そして、近くにあった紙に『関係者へ　私は逃げるが椚ヶ丘《くぬぎがおか》中3年E組の担任なら引き受けてもいい　後日交渉に伺う　超破壊生物より』と書き留めると、それをあぐりの亡骸《なきがら》の上に載せた。

「お姉ちゃん!!」

背後から少女の声がして、死神は消えるような速さでその場を去った。

死神は凄《すさ》まじいスピードで空を飛行していた。

触手が死神に問い掛けてきた。

——死神よ、お前はどうなりたい？

死神は飛びながらつぶやいた。

「弱くなりたい。弱点だらけで、思わず殺したくなる位に親しみやすいのがいい……」

死神が飛ぶ後ろには大きな三日月が浮かんでいた。

「触手に触れるどんな弱いものも感じとれ、幸せにできる……そんな教師に。時には冷酷な素顔が出ることもあるかもしれない。でも精一杯やろう……。彼女がやろうとしていたことを自分なりに。自分の最も得意な殺《や》り方で……」

三日月の光が、険しい崖を怪しく照らしていた。

そこには、黄色く、巨大で、丸みを帯びた……奇妙な怪物のシルエットが一瞬だけ浮かび、そしてすぐに見えなくなった。

「つまり……先生は放っておいても来年の3月には死にます。1人で死ぬか地球ごと死ぬか、暗殺によって変わる未来はそれだけです……」

生徒たちは、殺せんせーが話し始めたときと、姿勢も表情もほとんど変わらないままで話を聞いていた。

「そこで、君たちを託された先生が思い立ったのが、先生自身の残りの命を使い、君たちに最高の成長をプレゼントする……この暗殺教室です」

殺せんせーは、少しだけ明るい口調になった。

「先生と君たちを結びつけたのは暗殺者とターゲットという絆《きずな》です。だから、この授業は殺すことでのみ修了できます」

そう言うと、殺せんせーは茅野に近寄り、触手で背中を押した。

「さあ、席に着きましょう、茅野さん」

茅野は殺せんせーに押されるがままに、よろよろと自分の席に向かって歩き始める。

「無関係な殺し屋が先生を殺す、自殺する、期限を迎えて爆発する……もしも、それらの結末で先生の命が終わったのなら、我々の絆は卒業の前に途切れてしまう。もし仮に殺されるなら、他の誰でもない、君たちに殺してもらいたいんです」

茅野がそっと隣の席につく音を聴きながら、渚《なぎさ》は殺せんせーを見た。今までにない震えが、そこには宿っていた。
これまでの楽しかった日々が、浴びせられる銃弾のように脳裏を跳ねまわる。
生徒たちの誰もが、渚と同じ思いを抱いていた。
――僕らは、恐ろしい難題を突きつけられたと、初めて気づいた。
――〝この先生を殺さなくちゃならないのか〟……と……。

五時間目
潮田渚と赤羽業

季節はすっかり冬になっていた。

3年E組の教室の外にも、雪が降り積もっている。

渚《なぎさ》は、自分の席に座ったまま、白く覆われた校庭をぼんやりと見つめていた。

校庭の片隅には、誰が作ったのか、殺《ころ》せんせーを模した雪ダルマがある。

——結局、冬休みの間に暗殺を仕掛けた生徒は、ただの1人もいなかった……。

——殺そうなんて、思えない。あんな話、聞いちゃったら……。

誰も暗殺を仕掛けないまま、殺せんせーの雪ダルマもすっかり溶けてしまった。

そして、ある日の放課後……。

生徒たちは皆で机を後ろに寄せて、教室の掃除を行っていた。

殺せんせーの過去を聞いてからずっと、生徒たちの雰囲気は重いままだ。箒《ほうき》やちりとり、それぞれの掃除道具を持つ手もまた重く、黙々と作業を続けている。

そんな中、渚は教壇に立って声を上げた。

「皆、ちょっといいかな？」

いつも通りの口調で渚が言うと、生徒たちは無表情のまま教壇の方を見る。

「……できるかどうかわかんないけど。殺せんせーの命を助ける方法を探したいんだ」

その瞬間、見えない波がざわりと教室を揺らした。言葉はなかったが、眉間にしわを寄せる者、口を小さく開く者、それぞれの反応があった。渚は続ける。

「あの過去を聞いちゃったら、もう今までと同じターゲットとしては見られない。3月に地球を爆破するのも先生本人の意思じゃない。もともとは僕らと大して変わらないんだ。僕らと同じように失敗して、悔やんで、生まれ変わって僕たちの前に来た。僕たちが同じ失敗をしないように、色んなことを教えてくれた。何より一緒にいてすごく楽しかった。そんな先生、殺すより先に助けたいと思うのが自然だと思う」

渚は自分でも驚くほど、静かに滑らかに語ることができた。殺せんせーについて真剣に考えたとき渚の中に強く溢《あふ》れ出てきた感情、それをそのまま口に出せばよかったからだ。

それは、他の生徒たちも同様だ。殺せんせーと今後、どうやって向き合っていくべきか……これまでずっと考えていて、皆の中にはそれぞれにわき上がるものがあった。

クラスでも内気な部類に入る奥田《おくだ》が、真っ先に答えた。

「私も助けたいです。科学の力は無限です。壊すことができるなら、逆に助ける事だって……」

そう言って、奥田は渚が立つ教壇に近寄った。

「そう、だよね」

「私も……」

矢田《やだ》と倉橋《くらはし》がそこに続く。同じ思いを抱く生徒たちが微《かす》かに表情を緩めるのが、教壇に立つ渚からはよく見えた。

そして――真剣に考えてきたからこそ、ここで笑みを浮かべない仲間の姿も。

「私は反対」

中村《なかむら》の力強い言葉が教室に響いた。

「暗殺者とターゲットが私たちの絆《きずな》。そう先生は言った。この1年で築いてきたその絆、私も本当に大切に感じてる。だからこそ、殺さなくちゃいけないと思う」

そして中村は、教壇の渚たちから離れるように逆側に集められた机の方に移動した。

初めての反対意見に、緩んだかに見えた雰囲気が再び重く緊迫する。しかし渚は、動揺することもなく冷静に中村を見据えていた。

中村が机に腰を下ろすと同時に、寺坂《てらさか》の堂々とした体格が空気を揺らして一歩前に歩み出た。

「俺も反対だ。大体、助けるっつったって具体的にどーすんだ？　あのタコを一から作れるレベルの知識が俺らにあれば別だがよ。奥田や竹林《たけばやし》の科学知識でさえ、せいぜい大学生レベルだろ？　このまま助ける方法が見つからずに時間切れしたらどうなるよ？　あのタコが、そんな半端な結末で喜ぶと思うか？」

そのつもりがなかったとしても、声量のある寺坂の声は威圧的に響く。吉田《よしだ》と村松《むらまつ》も寺坂のすぐ後に続き、３人は机側で中村に並んだ。

次に口を開いたのは、今回の件の〝重要参考人〟とも言える茅野《かやの》だった。

「私はさ、殺せんせーを殺そうとしたとき後悔したよ。〝この先生にはもっと長く生きて欲しい〟って。多分、お姉ちゃんの妹だから、同じ事を思ったんだと思う。だから、殺せんせーを守りたい」

殺せんせーを殺すためにE組に入った茅野は、もうすっかり逆の意見になったようで、教壇の渚に並んだ。

「殺すためにこのクラスに来た」

いつもながらの小さく抑揚のない声の持ち主はイトナだ。

「殺しに来たからおまえらと会えた。殺せんせーを殺す毎日は楽しい。理由は……それだけでいい」

イトナは机の側に移動した。

「殺せんせーを殺すことは私に与えられた至上命題ですが、思考と行動を繰り返すうち、ターゲットの死は我々にとって最大損失だと認識するに至りました。どちらが正解か判断するには私のスペックでは早すぎます。協調の観点からも中立とさせて頂きます」

律《りつ》が強い光を放つ。彼女は本来、教室の後方に位置しているが、今は掃除のために机が集められているので、教室の窓側……ほぼ中央の場所に置かれている。そんな彼女はしかし、自らの人工知能による確かな意志で、中立という立ち位置を導き出したのだ。


その後も生徒たちの意見は２つに分かれ、教室は教壇側と机側にほぼ二分された。

〝殺す派〟が集まった側の机の上で掃除をサボっていたカルマは、他の全員の意見が出揃《でそろ》ったのを見計らったように足で机を軽く蹴り、ガタリと鳴らした。

「渚くん……」

「何？」

「俺たちＥ組のために……せっかくここまで殺せんせーが命を懸けて続けてくれた暗殺教室、途中で抜けるつもり？」

カルマは言いながら机を降りると、ゆっくりと殺す派の生徒たちの先頭に立つ。

「だから殺す、って……カルマくん、殺せんせーのこと嫌いなの？」

〝救う派〟の渚もまた教壇から降りて、カルマの前に立った。

「だぁから！　そのタコが頑張って……渚くんみたいなヘタレを出さないように楽しい教室にして来たんだろ」

カルマが今までにない怒気をはらんだ表情を見せた。

「殺意が鈍ったらこの教室は成り立たないからさぁ！　その努力もわかんねーのかよ！　体だけじゃなく頭まで小学生か!?」

渚は正面からカルマの視線に応じる。

カルマも決して視線を逸《そ》らさず、２人は真っ向から睨《にら》み合う。

一触即発の空気――それを破ったのは２人のどちらでもなく、その間に現れた影だった。

マッハで移動してきた殺せんせーであることは言うまでもないが、〝悪徳警官〟といった格好をしている理由はよくわからない。

「はい、中学生の喧嘩《けんか》、大いに結構！　でも、せっかく暗殺で始まったクラスです。これも暗殺で決めてはどうでしょう？」

ぽん、と触手が渚とカルマの肩に置かれた。寺坂が尋ねる。

「どういうことだよ？」

「渚くんとカルマくんのタイマン勝負です」

「事の張本人が仲裁案を出してきた！」

今回突っこんだのは珍しくイトナである。

「ナイフを少しでも当てられた方の負けですよ……ヌルフフフ」

〝事の張本人〟は、何故《なぜ》だかどこか嬉《うれ》しそうな様子であった。

いつからか廊下で成り行きを見守っていた烏間《からすま》が、いつも通りの口調で言う。

「俺は防衛省の人間として君たちに暗殺を依頼した。だから〝殺す派〟を支持する姿勢に変わりはない。……しかし、君たちの副担任としての立場から言わせてもらえば、納得のいく過程を経た、納得のいく暗殺をしてもらいたい。それで成し遂げた暗殺こそが、将来、君たちが生き抜いていくための糧になるのだと俺は確信している……。だから約束してくれ。生かすも殺すも全力でやる、と」

言い終えた烏間に「お前からも」と促され、イリーナも口を開く。

「……いい？　一番愚かな殺し方は感情に任せて無計画に殺すこと。次に愚かなのは自分を殺しながら他人を殺すこと。アンタたちにそれをやって欲しくない。本当の気持ちから目を逸らして殺しても、手に入るのはお金だけ。代わりに沢山のものを失うわ。——散々悩みなさい、ガキども。アンタたちの大切なものを守るために」


校庭にて。

殺せんせーや生徒たちが見守る中、渚とカルマはナイフを手に対峙《たいじ》していた。

互いに合わせた視線を逸らそうとしないまま、長い時間が経《た》ち――果たして、最初に動いたのは渚であった。ナイフを構え、しなやかな動きでカルマとの距離を縮める。

カルマは動かない。不戦敗？　まさか、そんな甘いことを許すカルマではない。

渚がナイフを振り下ろす刹那、カルマはナイフを握った手だけを盾のようにかざした。身体《からだ》をほとんど動かさない隙のない動き。ガシッ、という鈍い音を立てて2人のナイフが重なり、そこを基点として渚とカルマは組み合う形となった。

ナイフが重なる一点に全身の力をこめる2人。

単純な力の差を考えれば、非力な渚をカルマが押し倒すこともできたはずだ。だが渚は体を低くし、後ろ足をやや後方に置くことで、巧みにカルマのパワーを受け止めていた。

そう、渚も成長していたのである。

鍔迫《つばぜ》り合いに焦《じ》れたカルマが渚の腹部を蹴りあげる。ナイフにばかり集中していた渚は咄嗟《とっさ》に反応できず、後ろに大きく蹴り飛ばされてしまった。すぐに体勢を整えるが、もうカルマは目の前に迫っている。

渚はカルマの突進をかわし、すれ違い様にナイフを振るう。カルマの頰《ほお》ギリギリのところをかすめたが、触れることはない。

2人はすぐに振り返り、最初と同じように対峙する形となった。

そして、先に動いたのはやはり渚である。

——カルマくんと真っ向勝負しても勝ち目はない……。まずは先手を取る。そしてカルマくんの出方を見る……。

今度もまた、カルマは特に逃げるそぶりを見せなかった。渚が襲い掛かってくるのを見計らって、大きく足を振り上げる。

まだ蹴りの間合いではない。渚は一瞬だけ訝《いぶか》しむが、次の瞬間、身をもってその理由を理解することになった。

「グ……」

渚は顔を押さえ、動きを止めた。カルマは地面の砂利を蹴り上げ、渚の目をつぶしたのだ。

視界を取り戻そうと目をこする渚にゆらりと近づいたカルマは、そのまま思いきり腹を蹴り飛ばした。

倒れた渚に向け、ナイフを突き立てるように振り下ろす。だが渚は咄嗟に身体をよじってそれをかわし、カルマのナイフは勢い余って地面に突き刺さってしまった。カルマが引き抜く前に転がって起き上がり、渚はそのナイフを遠くへ蹴り飛ばす。素手の状態となったカルマに対し、すかさずナイフで襲い掛かる。

今度もやはりカルマは逃げない。ナイフを避けて逆に懐に踏みこむと、そのまま渾身《こんしん》の頭突きを見舞った。

軽い脳震盪《のうしんとう》を起こしたのか渚を目眩《めまい》が襲い、手にしていたナイフを離してしまう。

——マズい……！

渚はまだぼやけている視界の中、足に装着していたもう1本のナイフを抜こうとした。

しかし、そこで更なる衝撃に世界が揺れる。身をかがめた渚の顎に、カルマが鋭い肘打ちを見舞ったからだ。

「抜かせないよ。そのスキあったら殴るから」

カルマは渚の身体を摑《つか》み上げると、膝で腹を蹴り続けた。

「気絶させてからゆっくりトドメ刺してやるからさ！」

たたみかけられながら、渚もカルマの顔面に必死にパンチを見舞った。

そのどれもがヒットしたはずだったが……、

「そんだけ？」

カルマは余裕の表情で笑みさえ浮かべると、渚の頬を強く張った。

渚も身体を跳ね上げ、無理矢理《むりやり》カルマの後頭部を蹴り上げる。

「……フン」

それでもやはりカルマはほとんど動じなかった。


誰もが息を殺して、2人の戦いを見守っていた。殺せんせーの静かな解説が、そんな生徒たちの耳を打つ。

「渚くんは、ただひたむきに勝利につながる一撃を探し続けています。そんな渚くんの一撃一撃を堂々と受け止めることで、カルマくんは完璧な形で渚くんに勝ちたいのでしょう」


カルマは反撃を続ける渚を豪快に蹴り飛ばした。吹き飛んだ渚は、ナイフを抜こうと再び手を伸ばす。

……が、その手がふいに止まった。拳を目の位置くらいに掲げ、ファイティングポーズを取る。渚もカルマと素手で戦うことを受け入れたのだ。

渚はカルマに突進すると、目にも留まらぬ速さの打撃を幾つもカルマに向けて放った。

しかし、カルマは全ての拳が見えている様子で、難なくかわす。

必死に打撃を繰り出す渚の視界の下から上に、一瞬、何かが上がった気がした。

次の瞬間、渚は脳天を突き破られたかのような衝撃を受ける。鮮やかなカルマのカカト落とし……普通の中学生なら形すら真似《まね》のできないような技を、彼は実戦の舞台で軽々とやってのけた。寺坂が思わずつぶやく。

「ケンカに持ちこまれちゃカルマに勝てるヤツなんかいねぇよ……」

渚は崩れ落ちながらも、咄嗟に地面を転がって距離を取る。そこからすぐに起きあがるつもりだったが……それ以上、身体が言うことを聞かなかった。

意識が朦朧《もうろう》とする。懸命に動かそうとする腕が、ただ虚《むな》しく砂を掻《か》いている。

そんな渚の様子を無表情に見て、カルマはふいに背を向けた。

地面に落ちていたナイフのもとに歩き、それを拾うと、ゆっくりと渚に近づいていく。

その間、渚は力の入らない腕で、何度も立ちあがろうとしては失敗していた。すぐそこで自分を見下ろすカルマの姿がちゃんと見えているのかさえもう定かではない。

あの状態の渚にならば、たとえ暗殺教室に入っていない平凡な中学生だって、簡単にナイフを当てられるだろう。

勝負アリ――。

誰もがそう思った次の瞬間、渚がようやく上半身を浮かせた。這《は》いずるようにカルマの足もとに進み、ヨロヨロとカルマの腰にすがりつく。……いや、喰《く》らいつく。

「絶対に……言うこと、聞かす……！」

傍《はた》からは、カルマの身体に頼ってようやく自分を支えているだけにも見える。けれど、渚の中の闘志は今も微塵《みじん》も鈍っていなかった。

渚はまだ何も諦めていない――そうである限り、それは渚の精一杯の〝攻撃〟だった。

そんな渚を、いつでもナイフを当てられるはずのカルマは、振り払うこともせずただ黙って見つめている。

よじ上るようにして、渚はカルマの肩に手をかけると、勢いをつけて地面に引き倒した。歯を食いしばり、渾身の力で抱きしめるように右肩を極《き》める。

痛みに耐えているのか、渚に力が残っていないだけか、カルマは声を上げることもなく冷静に右手のナイフを左手に持ち替え、切っ先を渚の背中に向けた。地面に伏せる形でカルマを押さえている渚に、その一連の動きは見えていない。

生徒たち皆が息を詰めて決着のときを待ち……何秒が経《た》っただろうか。

渚の背中からほんの数センチのところで刃を止めたまま、カルマは少し、ほんの少しだけ、笑ったようにも見えた。

そして――渚は、背中にあるものが触れるのを感じ、目を見開くことになる。

「……ギブ。降参」

ナイフを傍《かたわ》らの地面に落とし、そう言って優しく渚の背を叩《たた》く、カルマの手のひらの感触に。

「俺の負けだよ。渚」

渚は、まだ信じられないような心地で呆然《ぼうぜん》とつぶやく。

「……勝ったの？　カルマくんに？」

すぐに返事がないのが、少しひねくれたところのある友人、カルマからの答えだった。

一気に力が抜けたように、渚はそのままごろりとカルマの隣に仰向《あおむ》けになった。同じく大の字で寝転がるカルマが、冗談めかした軽い口調で言う。

「素手でこんだけ根性見せた小動物を相手に、ナイフ使って勝ったところで、誰も俺を認めないわな」

渚は身を起こし、カルマの手元に落ちているナイフを見た。

「殺せんせーを助けたいんだろ？　言うこと聞くよ」

カルマが空を見たまま言った。

「いいの？　本当に？」

渚はまだ、キツネにつままれたような顔をしている。

「ボコボコの顔でアホみたいな表情してんなよ。伝染病にかかったネズミみたい」

「何でそう悪口はスラスラ出てくるのかな、カルマくんは？」

「てかさ、いい加減、俺ら、呼び捨てで良くね？　ケンカの後でいまさら〝くん〟付ける気しないわ」

渚は少し驚いた様子でカルマを見たあと、「わかったよ……、カルマ」と微笑《ほほえ》んだ。


「本気で戦った者同士だからこそ、普段は相手に見せない部分まで理解し合うことができる。時には争いこそが、皆の仲を最も深めるチャンスなのです」

怪しさ全開の悪徳警官姿で満足げに頷《うなず》く殺せんせーを、生徒たちは黙って見つめていた。

皆をちらりと見回し、学級委員らしくと言うべきか、磯貝《いそがい》が確認するように口を開く。

「殺せんせーを助ける方法を探す……。じゃあ、皆……1学期から続けてきた暗殺は……、今日限りで終わりにしていいんだな？」

その言葉に、皆がいまさらのようにハッとして静まり返った。

暗殺を、終わりにする。これまで毎日をそれだけに費やしてきたE組の生徒たちにとって、それは何か、途方もない喪失感のようなものをもたらした。

すると、〝殺さない〟という意見を最初に出したはずの渚が立ち上がった。

「……待って。皆で悩んで、戦ったからこそ思えるようになった。クラスの半分だけじゃなく、全員の意志を大切にしたいんだ」

殺す派であるカルマや中村、そしてイトナたちも渚を見つめた。

次の日、生徒たちはいつもと変わらない様子で席に着き、朝のホームルームを迎えていた。

そこにこれまたいつものように殺せんせーが入ってくる。

渚は殺せんせーを見つめた。

――皆で話し合って、僕らが出した結論はこうだ……。

「起立！」

日直の号令とともに、生徒たちは立ち上がり、素早い動きで銃を構えた。

――殺せんせーを助ける方法を皆で探しながら、国からの依頼が取り消されない限りは卒業まで全力で暗殺も続ける……。

「気をつけ……」

生徒たちは皆、息を止め、銃口をピクリとも動かさない。

「……礼！」


パパパパパパパパ!!


教室にいつもの音が響き渡った。

――つまりは〝生かすも殺すも、全力でやる〟。

生徒たちは殺せんせーに向け、一斉に銃を掃射する。教室の後方からは「攻撃を開始します」と律が筐体《きょうたい》からマシンガンを展開させ、大量の弾丸を撃ちこんでいる。イリーナも射撃に加わっている。

――なぜなら暗殺は、僕らの絆であり、使命であり、僕らを出会わせ育ててくれた、E組の必修科目だから……。

――皆が迷って、悩んで、ぶれて、ぶつかって……殺すって何なのか、全員が本当に真面目に考えた……。

渚も必死に殺せんせー目掛け、対先生BB弾を放った。
もちろん、いつものように誰の弾も殺せんせーにかすりさえしなかったのだが……。

六時間目
暗殺教室

3年E組前の廊下を、渚《なぎさ》が駆けてきた。

渚は、そのまま教室のドアを勢い良く開け放つ。そこにはすでに他の生徒たちも集まって、律《りつ》の筐体《きょうたい》を囲んでいた。

「殺《ころ》せんせーに関する新しい研究結果が？」

渚がまだ荒い息を整えながら言うと、茅野《かやの》が答える。

「律が各国のデータを集めてたら、今日サミットが開かれる、っていう極秘情報が」

「今、律にハッキングしてもらってるから……」

中村《なかむら》が付け加えた。渚を加えた全員が、真剣な顔で口を閉ざし、電子の世界で戦っているのだろう律の姿を見守る。

その激しさを物語るように大きく唸《うな》りを上げていた律の駆動音、電子音が、徐々に穏やかになっていき、静かになって……。

「ハッキング成功。サミット会場の情報を転送します」

当然と言わんばかりの落ちついた微笑《ほほえ》みで、律。生徒たちが「おお！」とどよめいた。

律——四角い筐体に映し出された女子生徒の両手が、意を決したかのように上げられる。

そして……彼女は、身にまとったシャツのボタンを1つ1つ、繊細な指先で外し始めた。

律の謎の行動に、訳が分からないながらも男子生徒たちが「おお！」と一層、どよめいた。

やがて全てのボタンを外し終えた律は、恥ずかしそうにシャツの胸元に手を掛ける。ゆっくりと白い布が左右に開かれ、その秘密の場所が、露《あら》わになってゆく。

男子生徒たちは、もうどよめくことさえできずに律の胸元を凝視した。

そこに表れたのは……ああ、それこそまさに秘中の秘、禁断の園の果実と言うべきであろう。

今現在極秘で進行中のサミットで使用されている、数字やグラフなどのデータ類である。律のシャツの下には男子の夢見る肌色要素など微塵《みじん》もなく、ハッキングで取得された情報たちが幾つも並べられていたのだった。

——紛らわしいことしてんじゃねぇよ!!

男子の誰もが内心全力で叫ぶ中、律はうって変わって淡々とデータの意味するところを読み上げた。

「……超生物が3月に爆発する確率……1％」

「1%？　たったそんだけかよ！」

三村《みむら》が驚きの声をあげる。

「続いて、超生物延命チームからの発表です」

「〝延命チーム〟って……」

中村が不思議そうに律を覗《のぞ》きこむと、そこに別のデータが浮かび上がる。

「延命させることで爆発を回避させる可能性について研究してきたチームによると、超生物を延命させる薬剤は生成可能……」

生徒たちの表情が変わった。奥田《おくだ》がひときわ目を輝かせる。

「殺せんせーを救える薬がつくれるの？」

「しかし、この薬剤を生成するには、極めて難解な化学式を解いた上で、調合する様々な物質が必要となる……延命チームは薬剤の生成について研究を重ねてきたが、基本情報となる超生物の初期研究データを保有している柳沢《やなぎさわ》博士の行方を摑《つか》むことができず開発を断念。これにより超生物の暗殺を最終決定とする……」

ごくりと、渚は唾を飲みこんだ。

「なら……その初期データがあれば……」

「殺せんせーを救える、ってわけね」

カルマが笑う。生徒たちの顔に、はっきりとした〝希望〟の色が広がり始めていた。

「イトナ、柳沢の居場所は!?」

寺坂《てらさか》が真剣な声音で尋ねる。シロの正体が柳沢であったことは、殺せんせーからすでに聞いていた。かつてシロから触手を与えられたイトナなら当然、その研究所にも心当たりがあるはずだ。

「まだ触手の研究をしているなら、きっとあそこにいるはずだ」

イトナは暗い過去を振り返るように、小さな声でつぶやいた。


幾つものトンネルを抜けた先、枯れ木が生い茂る物寂しい道の奥に、その建物はあった。

これまで通ってきた山奥の風景に比べれば、その近代的な風貌はまるで切り取られた異空間のようにも感じられる。だが外壁のアルミニウムは手入れが行き届いていないようで、ところどころに汚れが張り付いていた。

「ここに柳沢が?」

渚が尋ねる。イトナは建物から目を離すことなく、無言で小さく顎を引く。

「行こう」

カルマが軽い調子で言い、２人も頷《うなず》いた。なるべく目立たないようにするため、柳沢の研究所に潜入するのはこの３人だけだ。

彼らは周囲を警戒しながら、慎重に建物の中に入っていった。


建物内の廊下は薄暗く、見通しが利かない。渚たちは目を慣らしながら、一歩一歩、床の感触を確かめるように進んでいった。

やがて、視界の先に光が映りこむ。

どうやら、１つの部屋から灯《あか》りが漏れているらしい。足音を殺しつつ、光を頼りに少しだけ歩みを速めた彼らは、導かれるようにその部屋へと向かった。

そっと中を窺《うかが》い、知覚を研ぎ澄ましながら内部へ踏みこむ。背中を合わせて身構えたが、暫《しばら》く経《た》っても何かが現れる様子はなかった。どうやら誰もいないようだ。

安堵《あんど》して、渚たちは改めて部屋の中を見回した。

設計図のようなものが乱雑に撒《ま》き散らされた小さなテーブル。イス。机。その上に設置されたＰＣ。壁一面は本棚が占領していた。押しこまれるように並んでいるのはすべて難解そうな研究書だ。柳沢の研究室で間違いないと、イトナが言う。

「あれだ」

イトナが指差した先には、それほど大きくない金庫があった。

渚が金庫にスマホを向ける。呼び出された律が画面の中で軽く跳躍すると、金庫についていた液晶に光が灯《とも》り、そちらの画面に彼女の姿が現れた。

「じゃあ律、頼んだよ」

「お任せください。ロック……解除します」

律はすんなりと金庫の電子ロックを解除した。

扉を開けると、そこには小さなチップが置かれていた。そのチップ1枚だけだ。迷うことはなにもなかった。

「これ？」

渚がチップを手に取り、イトナに尋ねた。

「おそらく。柳沢は触手に関する全てのデータを、このチップに保存していたはず」

「急ぐぞ」

カルマに促され、渚とイトナは足早に部屋を立ち去った。彼らの微《かす》かな足音もすぐに聞こえなくなり、研究所には無人の沈黙が戻る。そのはずだった。

物音ひとつ立てず、侵入者に声を上げることもなく研究室の陰に潜み続けたそれの存在に、彼らは最後まで気づくことはなかった。

翌日、E組の教室には生徒たちが集まり、再び律を囲んでいた。

律の画面にはハッキングをして収集した殺せんせーに関する様々なデータが表示されているが、その中央部だけがジグソーパズルの欠けたピースのように空いている。

「じゃ……いくよ」

渚が手にしていたチップを慎重に律の筐体に差しこんだ。

ピピピ、と小さな電子音がして、欠けたピースの部分が埋まる。パズルの完成。すなわち、殺せんせーの全てのデータが揃《そろ》った証拠だ。

歓喜に沸く生徒たちを背に、奥田がメガネに手をやりながら、勢いこんで画面を覗きこむ。

「これを基に計算すれば薬ができるのね？」

「薬ができれば、殺せんせーを救うことができる……」

茅野の言葉に頷く皆の顔を、強い確信が照らしていた。

その頃……防衛省、作戦司令室。

烏間《からすま》は上司に呼び出され、この部屋に現れていた。

「お話とは？」

上司は重々しく口を開いた。

「……作戦を決行することになった……」

作戦。その言葉だけで、烏間には伝わるものがある。

「例の？」

「ああ」

上司の目には複雑なものが渦巻いていたが、それ以上に明確な意思があった。

烏間もまた、上司の目を強く見つめ返す。……2人の間の沈黙を破るように、その時もう1つの声が部屋に割り入ってきた。

「失礼します」

トレンチコートに身を包んだ、屈強な男だ。冷酷な表情。烏間を一瞥《いちべつ》した瞳には、冷たい光が宿っている。

上司が感情のない声で言った。

「今後我々は、北条《ほうじょう》司令官の指揮下に入ることになる」

その新たな〝司令官〟に、烏間は会釈ひとつしなかった。むしろ上司に対するそれとは違う、懐疑的な色を乗せた鋭い視線を向ける。

——コイツが例の作戦を……？

だがそんな無言の反発にも、北条は眉ひとつ動かさない。烏間にも周囲の人間にも、まるで興味がないようだった。

彼らの内心をよそに、同じくトレンチコートに身を包んだ男たちが北条に引き続いて入ってくる。

北条と同じく、烏間ら防衛省の職員のことなど、その男たちにとっては背景以下らしい。侵略しに来た軍隊のように遠慮なく乗りこむと、中央のテーブルにそれぞれの手にしていたアタッシェケースを広げた。幾つもの機材、ＰＣが取り出され、瞬く間にテーブルの上にセッティングされてゆく。

ものの数分で、そこにはまるで最初からずっとそうであったかのように、堂々たる作戦司令〝本部〟が完成されていた。

男たちの１人がＰＣを操ると、防衛省の作戦司令室のモニターが一斉に切り替わり、衛星から撮影しているらしい地球の映像と、ワイヤーフレームで描かれたいくつかのオブジェクトが表示される。

まるで我が物顔だった。ここはもはや防衛省の作戦司令室ではなく、北条をはじめとする見知らぬ男たちに乗っ取られてしまった——そんな印象を烏間は受けた。

窺う視線の先で、上司は無言でそれを肯定するかのように、再び烏間に背を向けた。

モニターの衛星映像は急速にズームして、ワイヤーフレーム化されている小さな建物……E組校舎の姿を克明に映し出していた。


E組の教室では、すでに薬品の生成実験が開始されていた。

律はハッキングを駆使して殺せんせーに関する海外の研究などを徹底的に収集。新たなデータを自らの画面に表示させ続ける。

そして彼女に負けじと、他の生徒たちもそれぞれが分担して様々な作業を行っていた。

原料に使う植物をすり潰す者、色とりどりの薬液にラベルを貼って整理する者、黒板を余すところなく使って複雑な計算を続ける者……。

皆の中心で薬品生成のリーダー役を担っているのは、化学に関してトップの成績を誇る奥田である。

奥田がスポイトから慎重に垂らした液体が、シャーレの中の溶液と反応し、劇的にその色が変化した。無色透明と重い黒から、血のような深紅へ。

「これが結晶化すれば薬剤の素《もと》ができる……」

翌日。計算が正しければ、そこには薬剤の素となる結晶ができているはずである。

生徒たちは息を呑《の》んでシャーレを覗きこみ——昨日と変わらぬ様子の液体に、中村が大きく肩を落とした。

「またダメ……」

この繰り返しである。あらん限りのシャーレを並べ、少しずつ調合を変えたあらゆるパターンを試し、生徒たちは来る日も来る日も、薬剤生成に打ちこんでいた。

黒板にびっしりと並べられた数式は、無情にも1つまた1つと「×」で消されていく。


「何かアイツら、困ってるみたいよ。放っておいていいの？」

言ったのはイリーナだった。生徒たちの様子を廊下から見るのを中断し、殺せんせーのいる職員室にやってきたところだ。

「……彼らは今、彼ら自身の力で1つの答えを導き出そうとしているのです。ここで私が手を貸したら、全ての努力が意味の無いものになってしまいますから……」

言いながら殺せんせーはマッハの速さで千利休《せんのりきゅう》の姿になると、イリーナの胸の谷間を眺めながら、これまたマッハで点《た》てたお茶に口をつけた。

「だから、アタシのおっぱいを景色に見立てて優雅に茶を飲むなっつーの！」

イリーナはナイフを繰り出すが、殺せんせーはお茶を楽しみながら、それを余裕の様子でかわすのだった。


その時は、突然、訪れた。

奥田を始めとした生徒たちにとって、薬剤作りの作業はすっかり機械的なものと化していた。最初の頃は今度こそ、今度こそと期待に胸を膨らませて翌日のシャーレを覗きこんでいたが、何十回も失敗を繰り返せば自然と気勢も萎えてしまう。まるで鶏小屋のエサを替えるような、〝退屈な〟朝の日課となっていた。

しかし、この日のシャーレは、生徒たちを退屈させなかった。

そこには14時間前にはなかったはずの、ダイヤの原石のような美しい結晶が、ぽつん、と輝きを放っていたからだ。

「結晶化してる！」

そこからの奥田の作業は、プロの科学者と比べても遜色ないほどの正確さと素早さを持っていた。とても初めてとは思えない――強いて言うなら、その瞳の無垢《むく》なきらめきはまさに中学生らしいそれであったが。

慣れた手つきなのも当然だった。奥田は結晶が生まれる日を夢見て、そして結晶化に成功したならそのチャンスを絶対に逃さないように、その先の作業について入念すぎる予習を重ねていたのだ。

様々な物質と結晶が奥田の手によって調合され、そして数時間後には、1つの液体となって彼女の持つフラスコの中で揺れていた。

「このまま一晩、培養させれば完成です!」

「やった!!!」

「できたぞ!!!」

生徒たちは口々に歓喜の声を上げた。


その日の夕方。

調合が終わってしまえば、あとはもう明日の朝を待つだけだ。生徒たちは皆、上機嫌のまま下校していた。

すっかりと静まり返った廊下をひとり、烏間が歩いていた。

職員室に入ると、机に向かっている殺せんせーの姿があった。どうやら筆で何かを書いているようだ。

「何をやってるんだ?」

「ええ、ちょっと……」

烏間は殺せんせーが書いているものを覗きこみ……まるで見てはいけないものを、いや、見たくなかったものを見てしまったようにふと目を逸《そ》らし、少しだけ物思いに耽《ふけ》った。

「……もうすぐ卒業式か」

「ええ……烏間先生ともお別れですねぇ」

「まあ、何にせよ、俺は元々、お前とは今月までの関係だからな」

言いきった烏間の目は、もういつもの厳格な色に戻っている。

「そういう職務ですものねぇ？」

「……〝職務〟か……」

「ええ」

烏間は、また少しの間、何かを考えこんでいた。

そして、ほんの僅かに表情を変える。ごく微かではあるが、何か大きな決断をしたような、気配があった。

「……そうだな、互いに職務は全うしないとな……　〝殺せんせー〟」

今まで一度も呼んだことのない、生徒たちがつけたその名前。

殺せんせーはゆっくりと振り返ったが、そこに烏間の姿はもうなかった。

「……」

烏間はすでに渡り廊下を出て、歩きながら電話を掛けていた。

「……ええ、今、超生物は単体でE組敷地内にいます……発動してください」

それだけ伝え、電話を切る。校門のところでふと足を止め、振り返った。

——職務だからな……。

烏間は、ぽつりと灯《あか》りのこぼれる職員室を見つめた。


防衛省・作戦司令室。ここでは防衛省の職員たちとトレンチコートの男たちが、E組の校舎のワイヤーフレームが映し出された大型モニターを見つめている。

「対超生物バリア、発動します」

オペレーターがスイッチを押す。

モニター上のE組校舎……そのワイヤーフレームを覆うドームのように、音もなくあるモノが張り巡らされていった。

殺せんせーもまた、すぐさまその異変に気づいていた。校舎一帯をぐるりと取り囲む透明なバリア――そうとしか形容しようがない――を見上げる。

静かに校舎を出ると、1羽の鳥が、何事もないようにバリアを抜けて遠くへ羽ばたいていくのが見えた。

そっとバリアに触れる。殺せんせーの触手が、ドロリと溶けた。

「これは……」


寺坂は、E組の校舎に続く坂道を急いだ様子で登っていた。

「やっべ、遅刻だ！」

校舎がある山の中腹までの急勾配も遅刻自体も慣れっこな寺坂ではあるが、さすがに今日という今日はいささか焦っていた。何せ例の薬剤が、もう完成しているはずなのだ。すでに多くの生徒が登校して、〝あのタコ〟を救う希望をその目にしているに違いない。

と、前方に同じく懸命に坂道を走る誰かの姿が見えた。制服のスカートからスラリと伸びた足を必死に動かしている。

中村だ。2人とも遅刻常習者であるため、実はこの光景もだいぶ慣れたものである。

「お先に！」

寺坂は中村を追い越し様に言い放った。

「あ、ちょっと待ってよ！」

「皆揃ったらあのタコに薬飲ませませんだから、急げよ！」

「だから、待ってったら！」

中村が叫んだ瞬間、寺坂は本当に足を止めた。

珍しく紳士ぶりを発揮したわけではない。2人の前に、トレンチコート姿の男、そして彼に付き従うような迷彩服の男たちが立ちふさがったからだ。

「捕獲！」

トレンチコートの男の号令とともに、男たちは寺坂と中村に襲い掛かってきた。

「ちょっと、やめてよ！」

「何なんだよ、テメエら!!」

抵抗するが、さすがに数が違う。2人が完全に押さえこまれるのに、そう時間はかからなかった。

幾つもの通路が交差する、入り組んだ天然の迷路……石灰岩でできた洞窟のような場所。

その突き当たりの1つを塞ぐ形で、やけに人工的な柵が設置されている。

　床から天井までを等間隔に並んだ鉄棒が塞ぎ、扉が1つ付けられたそれは、たとえて言うなら動物園に並べられた〝檻《おり》〟のような印象を与えた。

　事実、その印象はおおむね間違っていない。閉じこめるのが観賞用動物などではなく、椚ヶ丘《くぬぎがおか》中学3年E組の生徒たちだという点を除けば。

　檻の中に押しこめられた彼らは皆、疲れ果てた様子だった。解放を求めて抗《あらが》い、声の限りを出し尽くしたのであろう。

　ロックが解除される電子音が鳴り、柵につけられた扉が乱暴に開く。連れて来られたのは目隠しをされた寺坂と中村だ。迷彩服の男が目隠しを乱暴に剝《は》ぎ取り、突き飛ばすように2人を檻に入れる。

　扉がやはり乱暴に閉じられ、ロックを告げる電子音とほぼ同時に、寺坂が渚に尋ねた。

「どういうことなんだよ!?」

　渚は、首を振るばかりだった。

と、そこに再び足音が聞こえた。皆が顔を見合わせる。E組の生徒は今の2人で最後だ。

これ以上誰かが連れてこられることはないはずだが……。

　現れたのは、生徒たちを捕らえさせたトレンチコートの男。北条だった。

北条は何の感情もこもらない視線で生徒たちをゆっくりと見渡し、口を開く。

「君たちにはしばらくここにいてもらう」

「何でよ!?」

「あのバリアは何?」

声を荒らげる中村は無視し、それを遮るように尋ねた茅野だけを一瞥すると、北条は淡々と答える。

「各国首脳により進められてきた計画が開始された。君たちの校舎を取り囲んでいるあのバリアの中には、いま例の超生物だけが閉じこめられている。今夜12時に、地球周回軌道上にある衛星から発せられる対超生物レーザーで暗殺するという最終ミッションだ」

「何だ、そりゃ!!」

「そんなこと聞いてないわよ!」

生徒たちは口々に声を上げ、騒然となる。それにも北条は眉一つ動かさなかった。

「はっきり言わせてもらうが……」

温度の感じられない声音が響くや否や、騒いでいた生徒たちは一瞬で沈黙した。気圧《けお》されたというよりは、この男の零《こぼ》すあらゆる情報を逃すまいとする、油断ない瞳で。だが。

「元々、君たちに暗殺など求めていない。君たちはこの準備が整うまで超生物を逃がさないようにするための、エサのようなものだったんだ」

その、本心から何も感じていない冷酷な表情に……自分たちの日々をすべて否定する言葉に、生徒たちは思わず声をなくした。

「それでは私は失礼する。君たちのような輩《やから》が学校に立ち入らないよう、バリアの外側を見張るのが任務なのでね」

「……ざけんじゃねえ！」

ようやく寺坂が怒気をはらみ柵に迫るが、北条はそのまま立ち去った。

北条の後ろに幾人も控えていた男たちも彼に従ったが、たった1人、その場にとどまったまま動かない男がいた。今まで最後尾にいたためによく見えなかった彼の顔に、生徒たちはあっと声を上げる。

「烏間先生！」

口々に呼び、柵に駆け寄る。

「お願いです、ここから出して……！」

「……それはできない。これは、万が一の事態に備え、君たちの安全を考慮しての措置だ」

「殺せんせーを救える薬が作れたんです！」

奥田が叫んだ。

「それを飲ませれば、殺せんせーは死なないんです！」

片岡《かたおか》が、すがるように柵を握って訴えた。

少しだけ、烏間は考えるように沈黙する。生徒たちの視線を一身に受けて、しかし彼は、静かに首を横に振った。

「超生物を救える薬剤は生成不可能との結論に達した。そして、我々にとって超生物が爆発する１％という可能性は、地球を賭けのチップにするにはあまりにも高すぎる」

「……」

「よって、超生物の抹殺は世界各国による公式決定であり、決して覆ることはない……以上だ」

生徒たちの表情には明らかな失意の色が浮かんだ。烏間ならと、信じていたのに。そんな声なき声が聞こえてきそうだった。

「やっぱり烏間先生は防衛省の人間なんですね……」

消え入りそうな声で、渚がつぶやく。

烏間は、ほんの数秒足らず渚の目を見つめていたが、そのまま背を向けて、去って行ってしまった。

生徒たちは静まり返った通路の先を、ただ呆然《ぼうぜん》と見つめることしかできなかった。

「ふざけやがって、烏間の野郎……！」

寺坂の押し殺した怒りの声が、虚《むな》しく沈黙の中に響く。

「結局、烏間先生も本校舎の教師と同じだよ」

後ろの方から声がした。カルマだ。

「いざとなったら保身のために上の命令に従うだけ……。俺らの考えなんて聞く耳持たない、ただの大人だよ」

教室にいるときと同様、一番後ろで興味なさそうにしているくせに、実は全ての成り行きを把握して、うまいやり方を探っている……そんな彼も今ばかりは諦めた様子で、ゴツゴツとした石灰岩の壁にもたれかかった。

「せっかく前に進む方法があるのに、ちゃんと見てくれないなんて……」

肩を落とし、不破《ふわ》が言う。その隣で、〝前に進む〟ための薬剤をようやく完成させた奥田は、もう泣きそうになっていた。

「中学生でも……やればちゃんとできるのに……」

痛々しい沈黙。それぞれがうつむいて考えこむ中、

「そうだ……」

磯貝《いそがい》が閃《ひらめ》いた様子で顔を上げた。

「律に頼んで、ハッキングしてもらおう！　そうすれば、ここの電子ロックも解除できるかも！」

「ああ、なるほど！」

「律、防衛省のスーパーコンピューターに入ってもらいたいんだけど……！」

顔を輝かせる皆の前でスマホを起動、律を呼び出すやいなやそこまで言って、しかし、渚は凍りついた。映し出された律が、毛ほども覇気が感じられないスウェット姿でだらけていたからだった。

「やる気しねぇ〜。国に逆らうとか、マジ、ありえねぇしー……」とけだるげな声を上げる姿には、いつもの愛らしさの欠片《かけら》も残っていない。

「む、無力化されてる……」

「畜生、アイツら！」

寺坂が地面を蹴り上げた。

「どうするの!?　このままじゃ殺せんせーはアイツらに殺されちゃうよ！」

中村が叫ぶが、どうすることもできない。無力感を紛らすように、カルマは何気なく壁に手を触れた。石灰岩のざらつく手触り。

そして手についた粉を見て、――にやりと笑った。

「……竹林《たけばやし》？」

洞窟に作られた急ごしらえの檻。その先の通路で警備にあたっていた隊員が世界を揺らすような爆音を耳にしたのは、Ｅ組の生徒を全員捕らえてからおよそ2時間が経過したときのことであった。

何があったのだろうか。壁を爆破して脱出しようとでも？　いや、あの檻を突破できるような爆発物など持っているはずがない。第一あの狭さで爆発など起こせば、彼ら自身が無事ではすまないはずだ。

隊員たちが急行すると、辺り一面が白い粉塵《ふんじん》で覆われていた。

どうにか粉塵をかき分け、目を凝らす。柵の向こう側では折り重なるようにして、Ｅ組の生徒たちが一様に倒れていた。

「負傷者確認！」

無線に向かって叫ぶと、すぐに担架を持った隊員たちが駆けつける。最初に到着した隊員が手早くパネルを操作し、ピ、と音を立てて電子ロックが解除された。

「救助！」

号令一下、隊員たちは担架を手に、狭い扉から粉塵の中に突入する。ぐったりと倒れている生徒たちを、次々に抱え担架に乗せた。彼らは気絶しているのか、ぴくりともしない。

ある隊員は赤髪の生徒を担架に乗せ、別の隊員と息を合わせて出口へと走り出した。

……が、次の瞬間、奇妙な異変が彼を襲った。担架が突然軽くなったかと思うと、また少し重くなった、と感じたのだ。

まるで乗せていた生徒がふいに消えてしまって、しかももう1人の隊員が担架から手を離したような。

振り返って様子を確認しようとしたその瞬間、彼はその場に崩れ落ちた。

その背後には含み笑いをするカルマが立っていた。

周囲では、渚が、他の生徒たちが、パチリと目を開けたかと思えば担架の上から素早い動きで隊員の背後に回り、首の辺りに手を当て、一瞬で気絶させていた。

それは実に数十秒ほどの出来事であった。

あっという間に立場が逆転し、今は生徒たちが監禁されていた檻の中で隊員たちが拘束され、生徒たちは檻の外にいる。

「貴様ら……」

檻に入れられた隊員が凄《すご》みを利かせるが、

「ゴメンね！」

中村が明るく言い放ち、盗みとったキーで扉を外側からロックしたのを最後に、生徒たちはその場から駆け出していった。

灯《あか》りは所々に置かれているものの未《いま》だ暗い、あちこち入り組んだ洞窟の中を、生徒たちは身を低くして駆け抜ける。地図などの情報はないため、気配と勘だけを頼りに見張りをかわし、あるいは気絶させ、出口のある場所を探す。

向かう先から大勢がやってくる音がした。檻での騒動に気づいた隊員たちだろうか。皆が瞬時に目配せし、手近に積まれていたコンテナの裏に身を潜める。

大人数だったが暗さが幸いしてか、どうにか隊員たちをやり過ごすことに成功した。

「行こう」

再び足音を殺して走りながら、ふと寺坂が何やら感慨深げにつぶやいた。

「それにしてもよぉ、まさか竹林の実験が役に立つとはなぁ……何て言ったっけ、あの小麦粉の……」

「〝粉塵爆発〟」

走りながらもメガネをクイッと上げる仕草は怠らない竹林であった。

どれだけ走ったろうか、やがて微かに異質な明かりが視界に飛びこんできた。今までいくつか置かれていた薄黄色の陰気な人工照明ではない……白く清涼な、自然の光。

どうやら鉄製の扉のようなものがあって、わずかな隙間から、外の光が入っているらしい。あそこからなら外に出られそうだ、と頷きあう。

問題は、その手前に誰かがいることだった。薄暗さと逆光でよくは見て取れないが、こんな場所にいるのだから当然、警備の隊員以外ありえない。

それでも、気配は１人分だけだ。訓練された自分たちなら、簡単に倒せる——そう計算した生徒たちは、静かにその人影に近づいていく。

だがその人影は、生徒たちの誰にも捉えられることなく、逆に一瞬にして彼らの眼前に間合いを詰めてきた。

——この動き……只者《ただもの》じゃない！

焦りとともに身構える生徒たちに向かって、影は言う。

「遅かったな」

烏間だった。

「俺の予想より10分遅い。まだまだ訓練が足りないようだな」

腕時計に目をやった烏間は、いつもの厳しい口調で言った。

生徒たちはそれぞれに表情を綻ばせ、そんな自分たちの師を見つめる。

「渚くんも言った通り、俺は防衛省の人間だ。……しかし、同時に君たち3年E組の副担任でもある。俺は君たちに〝当たり前の中学生活を保障する〟と約束した。その約束だけは破るわけにはいかない……」

「烏間先生……」

「今夜12時、確実にレーザーは発射される。これが最後の授業だ！」

「はい！」

頼もしい声に励まされ、皆は外へと駆け出していく。

1年間ともに過ごした生徒たちの後ろ姿を見送り、烏間は微かな笑みを浮かべた。その笑みには確かな〝信頼〟と、そして〝希望〟がこめられていた。

「こんな近くだったんだ……」

扉を押し開け外に出てみて、中村が驚きの声を上げるのは無理もなかった。

何故《なぜ》ならそこは、Ｅ組校舎の裏山の麓《ふもと》だったのだから。

木々の陰に隠れて安全を確保すると、生徒たちはすぐさま崖の上……校舎の方に目をやった。消えていて欲しかったが、やはりそこには校舎をぐるりと取り囲むように張り巡らされたバリアが見えてしまった。

「おい、あれ！」

吉田《よしだ》の声に、皆は校舎から崖の下へと目を移す。

何台もの防衛省の車、それにテントが見て取れた。もちろん辺りには大勢の隊員の姿もある。まだ動く様子は見えないが、ここから移動すればすぐに気づかれてしまうだろう。迂回《うかい》したとしても、きっと校舎の周囲は完全に包囲されている。

「どうすんだよ……」

不安そうにうめく村松《むらまつ》に応えるように、生徒たちのものではない声が聞こえた。

「随分、遅かったじゃない」

生徒たちが振り向くと、そこには大型バイクに跨《また》がるライダースーツ姿のイリーナがいた。何か大きなケースを片手に、嫣然《えんぜん》とウインクをしてみせる。矢田《やだ》がうれしそうに声を上げた。

「ビッチ先生！」

「本当はアタシが、あのタコ仕留めたいところだけど。まあ今回は卒業のご褒美ってことで、オトリになってやるわ」

「オトリって……」

バイクから降りたイリーナは不敵な笑みを浮かべ、手にしていたケースを開ける。収められていたのは、先端に独特の膨らみを持つ弾頭が装填《そうてん》された肩掛け銃——携帯対戦車擲《てき》弾《だん》発射器ＲＰＧ－７だった。

「今からアタシがこっちで警備の注意を引くから、その隙にアンタたちは教室に行きなさい」

イリーナは愛用のハンドバッグを掛けるように、自然過ぎる動作でＲＰＧ－７を肩に担いだ。

「ビッチ先生は一緒に来ないの？」

問いかけた渚に、イリーナはふっと微笑む。

「後は、アンタたちの力で卒業するのよ」

「……」

「じゃ、いくわよ……ショータイム!!」

言うが早いか、イリーナはＲＰＧ－７を崖に向かって連射した。着弾した端から次々と大きな爆発。爆音が轟《とどろ》き、それに背中を押されるように、生徒たちは一斉に駆け出した。

隊員たちは、一様に爆発箇所の確認に追われていた。

イリーナには特定の標的があるわけではない。故に、彼女の弾はありとあらゆる場所で爆発した。受ける側にとってはたまったものではなかった。

高くそびえる監視塔から爆発の様子を確認し、各部隊に指令を出していた隊員の視界に何かが映った。

「ん？」

折しもその付近で再度、爆発が起こる。目を凝らせば小さくではあるが、爆炎に赤く照らされた生徒の姿が見えた。

「あれは……」

慌てて手元の無線に報告しようとする。それと同時に肩を叩かれ、彼は反射的に振り返った。

そこには笑顔の倉橋《くらはし》と矢田がいて、隊員にウインクを投げ掛けた。

「え……？」

あまりにも状況にそぐわないその光景に、一瞬我を忘れた隊員の背後から寺坂、村松、吉田が襲い掛かり、無線を取り上げると同時に彼の意識を刈り取った。


複数のグループに分かれた生徒たちは、警備を振り切って校舎へと駆けていた。

隊員たちを巧みにいなして走る渚とカルマ、イトナ。

停《と》められたトラックの幌《ほろ》の上を、絶妙なバランスで渡っていく木村《きむら》、岡野《おかの》に片岡。

車両とテントの間をすり抜けるように移動していく磯貝、前原《まえはら》、千葉《ちば》、速水《はやみ》。

そんな生徒たちの背中に、北条の静かな怒りの声が響いた。北条は部下とともに指揮車に乗りこみ、砂煙を上げて発車する。

「いいか、ガキと思って加減するな……抵抗するヤツは何をしても構わん……！」

指揮車のフロントガラスの向こうにやがて怒れる狼《おおかみ》の目が捉えたのは、腹の立つほど弱そうな小柄な少年……渚の姿だった。

北条は助手席からハンドルを押さえつけ、渚を睨《にら》む。隣の部下は気後れしているようだが、構うことはない。このまま撥《は》ね飛ばしてしまうつもりだった。

ぐんぐんと迫ってくる車体にも、何故か渚は微動だにしない。

次の瞬間、傍らの木立の陰に潜むイトナが動いた。何本ものプロパンガスのボンベ、それを束ねるロープをナイフで切る。

カルマに蹴り飛ばされて雪崩をうったガスボンベは、計算通り、指揮車の前に転がっていった。

「！」

北条が叫ぶ前に、指揮車は横転しながら渚の脇を通り過ぎて大きくクラッシュした。

「ううう……」

うめきながら、北条と部下たちはどうにか車から這《は》い出して起き上がる。

だが暗殺者たちは容赦がない。ダメ押しとばかりに茅野と中村が、それぞれ一蹴りで部下たちをノックアウトしてしまった。

「フフフ……!?」

得意げに笑う２人だったが、その顔がふいに痛みに歪《ゆが》む。背後から音もなく現れた血だらけの北条が、２人の髪を摑んでいたのだ。

「うらあ！」

北条は茅野と中村を思いきり投げ飛ばし、転がる少女たちへ怒りに満ちた鬼のような形相で迫る。

殺意に燃える北条の前に、ふと、横から何かが差し出された。

「ん？」

北条が最後に目にしたのはフラスコと、腕をいっぱいに伸ばしてそれを持つメガネの少女。

次の瞬間、彼の顔からは一瞬で怒気が抜けてまっさらな無表情になり、次いで意識も抜けおちていった。白目を剝《む》いて、ばたりと倒れる。

奥田が差し出したフラスコには、強烈な臭気を含む液体が入っていたのだった。

隊員たちのテント内も、すでに混乱に支配されていた。あちらこちらに怒号のような通信音声が響き、ひっきりなしに足音が入り乱れる。

「こちら第3防壁システム分遣所。国籍不明の敵から攻撃を受けています！　繰り返す！　こちら第3防壁……ん？」

ある通信係の隊員は、異変に気づき、眉をひそめて有線電話のコードを手繰った。

途中で切断されたコードを見て目を見開いた瞬間、テントが崩れた。

菅谷《すがや》、竹林、三村、原《はら》の4人が、ハイタッチを交わしながらその横を駆け抜けていった。

校舎への崖を登りながら、渚は下に目をやった。

今の渚たちにとっては普通の道のように軽々と登れる崖。けれど眼下では、何人もの大人……隊員たちが右往左往している。

——暗殺教室で、僕らは変われた。下を向いてばかりいた僕らが、前を向いて進めるようになった。

——今日は最後の授業……。殺せんせーに、やっと恩返しができる……。だから早く行かなきゃ……。

再び前を向き、崖の頂点に手をかける。

——殺せんせーが待ってる——3年E組へ。


烏間は、防衛省の作戦司令室にやってきていた。

いや、やってきたというのは正確ではない。彼は両腕を隊員に力強く押さえこまれ、ここに〝連行〟されてきたのだった。

その表情は静かなものだった。怒りも、焦りもない。目の前に立った上司に返す瞳にも、動揺はなかった。

　烏間が自分の目を見つめ返すのを待って、上司は事務的に告げた。

「烏間。職務規定違反により、お前の任務を解除する。今後の処遇は査問会議によって決められる。作戦終了までここを動くな」

　隊員たちに強制され、烏間は司令室の奥のソファに座らされる。それを見届けた上司は踵《きびす》を返したが、去り際にふと足を止めた。

「少し情に流されてしまったようだな……」

　振り向かない上司の背中を見送って、周囲を隊員たちに厳重に囲まれた烏間は、作戦モニターに視線を移した。

　Ｅ組校舎のワイヤーフレームとそれを包むバリア。そして、殺せんせーの生体反応を示す光点。

「……」


　殺せんせーは、机を教室の後ろに寄せて、１人静かに掃除をしていた。

　急ぐわけでもなく、穏やかな表情で。今までの出来事を、１つ１つ振り返りながら……。

やがて、近づいてくる幾つもの足音に、殺せんせーは顔を上げた。

扉を開けて入ってくるのは、息を切らした生徒たち。今は教室の隅で沈黙している律の黒い筐体も含めて、誰ひとり欠けることなく全員が、そこにいた。

「殺せんせー!!」

中村が勢いよく殺せんせーに抱きつく。

「皆さん……どうしてここに?」

「自分のクラスに登校して、何が悪いの?」

カルマがとぼけた口調で言った。

「……そうですねぇ」

殺せんせーはニヤリとした笑顔で返した。

「早く、アレを!」

寺坂の声を受け、奥田がロッカーからクーラーボックスを取り出す。机の上に置いて開き、液体の入ったビンを、宝物のように持ち上げた。

彼女は殺せんせーのもとに歩み寄り、そっとビンを手渡す。

「これは……?」

「やっとできたんです。殺せんせーを救える薬が……」

渚が優しい笑顔で言った。

殺せんせーも、優しい目で生徒たちを見た。

「私のために頑張ってくれたんですね……。ありがとうございます、皆さん……では」

殺せんせーは薬を一気に飲み干した。


……パチパチパチパチパチ！

生徒の間から、自然と拍手が沸き起こった。


「それより、殺せんせー、早く逃げよ！」

拍手が止《や》むと、中村が言って、殺せんせーの触手を強く引く。だが、殺せんせーは動かなかった。

「それは……無理なんです」

「何でよ!?」

「対先生バリアは地下にも、そして上空にも、校舎と先生をすっぽりと包みこむように張り巡らされています。先生もいろいろ試してみたのですが……ここから私が外に出ることは不可能です」

「そんな……」

せっかく、救えると思ったのに――。突き落とされるように剝がれていった希望に、生徒たちが泣きそうな顔になる。

殺せんせーは励ますように、1人1人を見渡して言った。

「でも、皆さんが来てくれて良かった」

「え？」

「実は先生、皆さんに卒業証書を作ったんです」

そう言って殺せんせーがマッハで移動した教卓の上には、手作りの卒業証書の束《たば》があった。

「先生……」

「こんなときに……」

「皆さん1人1人に、感謝の気持ちをこめて作ったので、受け取ってください……。では、卒業証書授与」

厳かに言い、殺せんせーは証書を読み上げようとする。

だがその瞬間、殺せんせーのものではない触手が教卓もろとも、卒業証書をぐしゃぐしゃに破壊した。蛍光灯も壊れ、バチバチと火花を放つ。

「!?」

「クックック……」

響いてくる不気味な笑い声。幽鬼《ゆうき》のようにそこに立っていたのは、触手をうごめかせる1人の男……。

殺せんせーが、低くつぶやく。

「……柳沢」

「こいつが……!?」

「何しに来たんだ、テメェ!」

シロとしてではない柳沢の素顔を、生徒たちが見るのは初めてだ。ぎらつく瞳に宿った異様な光にひるむことなく寺坂が怒声を浴びせたが、柳沢は当然のように答える。

「お前を処分しに来た……」

「待ってください! 殺せんせーは今、薬を飲んだんです! これで地球も爆発しないで済むんです!」

渚が柳沢の前に立って、すがるように訴える。柳沢はそれを聞くと、ニヤリと冷たい笑みを浮かべた。楽しそうに。

「あぁ……そうかそうか。私のデータが役に立ったようだなぁ……お前らの無駄な努力に」

「……無駄な努力……？」

その瞬間、渚の……そしてカルマとイトナの頭に、最悪の可能性が浮かんだ。

研究所に侵入してデータを盗んだ時。あの時、思えばあまりにも簡単にいきすぎた。警備らしい警備はなく、奇妙なまでに人の気配がなかった。それなのに、目的の部屋だけはなぜか明かりがついていた。まるで、誘っているようだった。

最初から、仕組まれたものだったとしたら……。考えたくない答えに、渚は震える。

「もしかして、あのデータは……ニセモノ？」

「わざとチップを持っていかせたのか？」

イトナが唇を噛《か》んだ。カルマも無言ながら、悔しそうにしている。

「クククク……全てが無意味だった今の気分はどうだ!?」

いやらしく笑った柳沢は、生徒たちを責めるように叫んだ。

無駄だ、無意味だという言葉が、あの努力の日々と薬剤完成の瞬間の希望に突き刺さり、ズタズタに引き裂いていく。

「何でそんなことを!!?」

愕然《がくぜん》とする生徒たちの間から、中村が食って掛かった。

「否定するためだ」

「〝否定〟？」

「そうだ！」

強く叫び、柳沢は殺せんせーに指を向ける。

「お前がコイツらに教えてきた知識も！　コイツらに芽生えさせたやる気も！　お前の最期の1年の全てが無駄だったと否定してやった。無力感にあふれた生徒たちの面《ツラ》を見せながらお前を殺す事で、俺の復讐《ふくしゅう》は完成する……」

言いながら柳沢は注射器を取り出し、躊躇《ためら》いなく自分の身体《からだ》に差しこんだ。イトナと茅野の表情が変わる。

「触手の種……」

イトナが目を見開いたまま言った。

「あんな強引に触手を植えたら……強力なパワーと引き換えに寿命をすり減らすことになる」

「そんなことをしたら君の命が……」

気遣うような殺せんせーの言葉を、柳沢は鋭く遮《さえぎ》る。

「俺の命などもうどうでもいい。俺から全てを奪ったお前さえ殺せればな……」

「皆さん、下がって！」

殺せんせーが生徒たちを後方へ庇《かば》ったと同時に、柳沢の身体から新たな触手がうねりながら生えてきた。

「さあ、心中だ、モルモット!!」

空気を裂く音がして、柳沢の触手が殺せんせーに襲い掛かる。自らの命を犠牲にした苛烈な攻撃は、殺せんせーの触手を即座に切り落とした。

「グ！」

よろめく殺せんせーが触手に搦《から》めとられ、天井に向かって投げ上げられる。梁《はり》が壊れ、黄色い身体は天井を破って校庭までも飛ばされてしまった。

口の端を吊《つ》り上げた柳沢は、さらに自らに注射を打つ。何本も。何本も。

その歪んだ表情に、目の前でミチミチと音を立てて変質していく人間の身体に、生徒たちは指1本動かすことができず、ただ呆然とそれを眺めていた。

「フ……」

やがて巨大な人形《ひとがた》の化け物と化した柳沢は満足げに笑うと、校舎を突き破り、殺せんせーを追った。

殺せんせーを摑《つか》み、校舎の屋根に叩きつける。屋根に半ば突き刺さる形になった殺せんせーを、宙から無数の触手で打ちすえる。なぶるように触手を裂き、ねじ切る。

柳沢の攻撃は一方的だった。校舎の天井には蜂の巣のように穴が開いていた。

「殺せんせー！」

防戦一方の姿に、生徒たちは口々に悲鳴を上げる。そんな生徒たちをふと嘲《あざけ》るように一瞥し、攻撃の手は休めないまま、柳沢が口を開いた。

「ハッハッハ！　教えてやろうか。コイツの最大の弱点はお前らだよ‼」

その言葉に、渚たちは頭を殴られたような衝撃を受けた。

——殺せんせーの最大の弱点……それは、僕ら……。

そう、殺せんせーは柳沢の攻撃を避けられないのではない。仕方なく受けている——〝受けるしかない〟のだ。

自分が逃げてしまえば、生徒ごと教室を破壊されるかもしれない。反撃して柳沢を刺激すれば、生徒たちが狙われるかもしれない。

だから、自分が盾になるしかない……そんな、苦渋の決断であった。

「どんな気分だ、モルモット!?　だ〜い好きな先生を救う薬も作れなかったばかりか、足手まといになって絶望する生徒を見るのは!!」

嘲笑《あざわら》う柳沢に、生徒たちは何も言い返すことができなかった。

その時、確固とした意思を宿した力強い声が、凛《りん》と響いた。

「正解か不正解かなど大した問題ではない!」

殺せんせーだった。攻撃を受け続けすでに瀕死《ひんし》の身体で、力の限り叫んでいた。柳沢にというよりも、生徒たち自身に訴えかけるように。

「中学生にはとても解けない化学式を解き、入手困難な物質を調達し、私を救う為《ため》に見事に薬品を調合して見せてくれた。その過程が、心が大事なのです! 弱点でも足手まといでもない、全員が私の誇れる生徒たちです!」

「……殺せんせー……」

「それに、生徒を守るのは、教師の当たり前の義務ですから!!」

その先を生徒たちが聴くことはできなかった。柳沢が殺せんせーを再び投げ飛ばしたからだ。悲鳴ひとつ上げない教師の姿は、以前殺せんせーが墜《お》としてから地面に突き刺さったままの軍事衛星にぶつかって地面に落ちた。

柳沢はその軍事衛星の上に立ち、殺せんせーを見下ろす。

と、ナイフを握った影が殺せんせーをかばうように飛び出した。その姿に、渚は思わず声を上げる。

「茅野!?」

「殺せんせー、逃げて!!」

動こうとしない茅野を、柳沢が睨みつける。柳沢の触手が鋭く伸びて、

「邪魔なんだよ!」

「!」

ドッ、

そんな鈍い音とともに、茅野の身体を深々と貫いていた。

茅野の身体がその場に倒れ、赤い水溜《みずたま》りが広がっていく。

呆然とする渚の耳に、消えそうな声が、ほんの微かに聞こえた。

「私、ずっと後悔してた……。殺せんせーに復讐しようとしたこと……、それで皆が、真実を知っちゃったこと……。だから……、せめて、守り……たくて……」

茅野の声は、徐々に小さくなって、そして完全に聞こえなくなった。遠くから見守る生徒たちの耳にも……すぐ傍《そば》にいて、呼吸や心臓の音さえ聞き取れるはずの殺せんせーの耳

にも、もう何も聞こえなかった。

柳沢は、そんな茅野を見下すように冷たい目を向けていた。

「姉妹揃って、俺の目の前で死にやがった。まったく、迷惑な奴《やつ》らだな」

何の情も感じられないその言葉を聞いた殺せんせーが、ぴくりと震えた。

肌の色が、黄色からじわじわと変化していく。全てを飲みこむ闇のような、深い黒。彼の本気の激情を示す色。

「……ここは……3年E組は……生徒が育つための場所だ……」

殺せんせーは静かに立ち上がると、触手を胸の前に集めた。

残された全身の力を——生徒を傷つけた者への怒りを——殺意を——生徒を守りたいという思いを、触手にこめる。

エネルギーの集合体は球のような形となって、眩《まばゆ》い光を放った。

「君に立ち入る資格はない!!」

そして、凄《すさ》まじい衝撃と白色の光が辺りを襲った。

生徒たちの視界も白に染まる。何も見えない。柳沢の悲鳴すら聞こえなかった。

少しの沈黙があり、軍事衛星の羽根の部分が校庭に落下してきた。

視界が開けたあとも、そこには羽根と動かない茅野、殺せんせーの姿以外、何も見つけられなかった。衛星の本体は、ほとんど吹き飛んでしまっていた。

柳沢とともに……。

殺せんせーは動かない茅野の身体を優しく抱きかかえ、教室に移動すると、並べられた机の上にそっと乗せた。

荘厳な儀式でも執り行うかのように、殺せんせーが茅野の前に立つ。

「この1年、ずっと訓練をしてきました。同じことが起きたとき、同じ結果に絶対しない、と」

殺せんせーは、細めた触手の先を茅野の傷口に差しこんだ。微かに光を帯びた触手が、茅野の全身を精密に泳ぎ回る。

「……手術……？」

渚のつぶやきなど全く耳に入っていないかのように、真剣な表情で殺せんせーは触手を動かし続けた。

どれだけ経った頃だろうか。

ビクッ……。

茅野の身体が微かに反応した。

殺せんせーは手術を続ける。茅野の胸が、小さく上下するのが見えた。

そして——再び、その呼吸が蘇《よみがえ》った。血の気のなかった顔にも生気が戻っていく。

「終わりました……」

やがて殺せんせーは、これまでになく弱々しく、その場に倒れこんだ。

「先生、茅野は？」

「もう……大丈夫です」

その言葉に、皆の間には波のような安堵が広がっていった。

ゆっくりと茅野が身を起こし、不思議そうに目を瞬かせる。彼女をもみくちゃにするように押し寄せ、互いに喜びを分かち合う生徒たち。

そんな彼らに殺せんせーは、小さな、優しい声を向けた。

「……さて、皆さん。……暗殺者が、瀕死のターゲットを逃してどうしますか？」

「おい……ターゲットって……」

反射的に寺坂が問い返したが、口にした時にはもう、皆がその答えを理解していた。

この教室で……〝暗殺者〟を育てる暗殺教室で、〝ターゲット〟といったら、１人しかいない。自分を殺す生徒を育てる、このたった1人の先生しか。

「わかりませんか？　……殺し時ですよ」

生徒たちはふと教室の時計を見た。

窓の外は暗い。時計の針は、11時を過ぎたところだ。

「君たちが殺さなくても、間もなく発射されるレーザーにより、先生は消滅してしまいますよ。……それでもいいのですか？」

いいわけがない。けれど。けれど……。

「……」


生徒たちは長い間、苦しげな表情で葛藤していた。

悩んで、悩んで、悩んで……タイムリミットまで、残り15分を切ったころ。

静かに言ったのは、カルマだった。


「殺したくない奴……いる？」

全員が手を挙げた。

「じゃあ、殺したい奴……？」

また、全員が、手を挙げた。

――これが……僕らの答えだ。

E組の教室の中で、生徒たちは1人1人、殺せんせーの触手を押さえこんでいた。

「先生、本当にこれで動けないの？」

触手を押さえて尋ねる中村に、穏やかな声が答える。

「握る力が弱いですねぇ……我々の暗殺の絆《きずな》は、もっと強かったはずですよ？」

――絆……。

生徒たちは、震えるほどに力をこめて触手を握り締めた。殺せんせーはただ、満足げに頷いた。

「……僕に、殺《や》らせて」

渚が一歩、殺せんせーに歩み寄るように前に出た。

「誰も文句ないよ……この教室じゃ、渚が首席だ」

カルマの言葉に、皆が納得の表情を浮かべる。思いの全てを託すように、渚を見つめる。

渚は静かに殺せんせーの上に馬乗りになった。

「……」

ナイフを振り上げる。

殺せんせーは優しい笑みを浮かべ、諭すように言った。

「これで、私の命をかけた暗殺教室は修了です。本当に楽しい1年でした……。君たちはもう決して、ENDのE組などではありません。1人1人が立派な暗殺者、そして立派な人間に成長してくれました……。君たちに殺されて、先生は幸せです。……ありがとう……」

心臓に狙いを定める。ナイフを握る手に、力をこめた。

惜しむ気持ち、迷う気持ち、怖い気持ちが一気に押し寄せる。

全身がガクガクと震えて、それが徐々に大きくなって止まらない。オモチャのようなナイフがひどく重い。

「うわあああああああああ!!」

渚は叫んでいた。そうする以外になかった。この手で殺したいのと同じくらいに、絶対に殺したくなかった。

そんな渚の頭に、細い触手が、ポン、と置かれた。

「そんな気持ちで殺してはいけません。落ち着いて……笑顔で」

渚の頬《ほお》を涙が伝った。

そして、渚は泣きながら微笑んだ。

「さようなら、殺せんせー」

「はい、さようなら」


渚は、全身で〝礼〟をするように、ナイフを差しこんだ。

「卒業おめでとう……」


そう言い残して、殺せんせーの全身は眩《まぶ》しく、優しく弾け、光の粒子となった。

その粒子は生徒たちの手から零《こぼ》れ、穴の開いた天井を抜けて、遥《はる》か夜空の星にまぎれていった。

裏山の麓に張られたテントには、暴れに暴れた末、ようやく隊員に拘束されたイリーナがいた。

ふてくされたようなイリーナの目の前に、ひらりと光の粒子が舞いこんでくる。

「？」

その光は、イリーナを見つめるかのように浮かんでいたが、やがて、スッとテントを出て、再び空へと飛んでいってしまった。

イリーナもまた、今まで見せたことのない穏やかな表情で、それを見つめつづけていた。

防衛省の作戦司令室は、にわかに騒然としていた。

「どういうことだ!?」

「確認しろ!!」

観測データに、ある重大な変化が見られたのだ。何かの間違いではないかと、隊員たちはそれぞれの持ち場で調査を急いだ。

烏間は、ソファに座ったままその様子を見守っている。

「どうだ!?」

上司が大声でオペレーターに確認した。それまで必死にPCを操っていたオペレーターはその声に手を止め、周囲の隊員たちに目配せで確認を取り、画面を凝視して、そして、言った。

「超生物の生体反応……消滅しました……」

「何!?」

「……」

烏間は最後まで無言のまま、ただ、遠い目で光点の消えたモニターを見つめていた。

やがて日付が変わっても、生徒たちはいつまでもいつまでも、空に浮かんだ光を見上げ続けていた。

——殺せんせー……僕もやっと、なりたいものが見つかったよ……。

渚は空に向かって、心の中でつぶやいた。

殺せんせーがずっと身に着けていたネクタイが、風に乗ってどこかへ飛んでいった。

数日後。

3年E組の校舎にある職員室で、茅野は姉、あぐりが使っていた席を見つめていた。手には卒業証書の筒が握られている。

「お姉ちゃん。私、卒業したよ……」

何気なく、茅野はあぐりの机の引き出しを開けてみた。何もないだろうと思っていたが、意外にも何か残っているようだ。見捨てられたE組校舎らしいと思いながら、取り出してみる。

それは1冊のカタログだった。開くと、良く言えば風変わりな……もしくはあぐりらしい……悪く言えばあの3文字で表されるような、独特なセンスの服ばかり載っていた。

「これって……」

ぱらぱらとめくるページの中に見覚えのあるものを見つけて、茅野は手を止めた。

大きく丸印がつけられたネクタイの写真。間違いない。殺せんせーがつけていたネクタイだった。

「……お姉ちゃん」

校舎の外には桜吹雪が一面に舞い上がっていた。

そこに1つだけ異質なものが交じっていることに、茅野はまだ気づかない。普通の人間にはまず似合わないような、三日月模様の幅広すぎる黒いネクタイ。


死神の触手《て》が初めてあぐりに触れた、あの日……。

アクリルケージ越しに顔を寄せ合った2人。

やがて、額をケージから離したあぐりは、〝プレゼント〟を小さく掲げてみせた。

「きっとこれ、似合いますよ」

ケージ越しではあるが、死神の胸にネクタイを当ててみる。それはやはり細身の男性がつけるには幅広すぎて、柄も含めて合っているとは言えなかったが、あぐりにとってはそうではなかった。

「うん。すごくいい」

あぐりは満足そうに微笑んだ。

その笑顔を見た死神は、少しだけ照れた表情を浮かべた。

風に運ばれた殺せんせーのネクタイは、校庭の桜の木に引っかかって、ひらひらと静かに揺れていた。

それはあたかも、暗殺教室を卒業していく生徒たちを見送っているかのように……。


その高校の階段には、あらゆる所にスプレーで落書きが施されていた。

そんな中を、少し困ったようにも見える微笑みを浮かべながら、小柄な男性が登っていく。片手には出席簿を抱えていた。昔、ここよりもっとボロボロの校舎で1年だけ落ちこぼれの生徒たちを教えた、奇妙で優しい教師が使っていたものだ。

踊り場に出ると、そこではやはり悪そうな生徒たちが激しいケンカを繰り広げていた。

「……」

彼はそんな生徒たちをよけるようにして、自分の教室へと向かっていった。

教室に入るやいなや、いきなり不良たちが近寄ってきた。

「お前が新しい担任だァ？」

「ウソつけよ、チューボーだろ、てめぇ？」

「ちゃんと教えられんの、ボク？」

小柄な彼が不良たちにぐるりと取り囲まれると、本当に年下の生徒がいじめでも受けているように見える。彼は伏し目がちに、穏やかな声で生徒たちに言った。

「……授業を始めるので、席に着いてください」

なるべく優しく言ったつもりだったが、不良たちは気に食わなかったらしい。

1人の不良が彼に顔を近づけて、低い声で言った。

「俺らに命令すんじゃねぇ……殺すぞ」

——〝殺す〟？　……〝殺す〟か……。

その言葉に、彼の表情が少しだけ変わった。うつむいた彼のその変化に、不良たちは気づかなかったけれど。

——誰もが聞いたことのある、ありふれた言葉だけど……僕らにとっては、前に進む勇気をくれる、魔法の言葉……。

——僕は先生になるよ、殺せんせー。殺せんせーみたいに速くないし、殺せんせーみたいに無敵じゃないし、殺せんせーみたいに頭も良くない。だけど、殺せんせーみたいな先生に……。

かつての担任のことを少しだけ思い出して微笑みながら、渚は素早く不良の背後に回りこみ、首筋に指先を突き当てた。

「が……」

目にも留まらぬ身のこなし、そして一瞬だけ放たれた恐ろしいほどの殺気に、不良はもう、腰が抜けそうになってしまった。

そんな不良の肩を優しく支え、自分の方に向き直らせて、新任教師は笑顔で告げる。

「殺せるといいね！　卒業までに」

渚は、そのまま生徒たちの間をスタスタと歩いて教壇に立ち、明るく言った。

「みなさん、席に着いてください。授業を始めます！」

STAFF

原作:『暗殺教室』松井優征
(集英社 ジャンプ コミックス刊)

監督:羽住英一郎
脚本:金沢達也
音楽:佐藤直紀

製作:石原 隆 渡辺直樹 藤島ジュリーK. 市川 南 加太孝明
プロデューサー:上原寿一 森井 輝 片山怜子 古屋 厚
ラインプロデューサー:道上巧矢
撮影:江崎朋生
照明:三善章誉
録音:柳屋文彦
美術:精木陽次
装飾:小山大次郎
編集:松尾 浩
VFXスーパーバイザー:オダイッセイ
VFXプロデューサー:赤羽智史
音響効果:柴崎憲治
選曲:藤村義孝
スクリプター:田村寿美
助監督:長野晋也
制作担当:星 雅晴

製作:フジテレビジョン 集英社 ジェイ・ストーム 東宝 ROBOT
制作プロダクション:ROBOT
配給:東宝

CAST

潮田 渚	山田涼介
殺せんせー・死神	二宮和也
赤羽 業	菅田将暉
茅野カエデ	山本舞香
雪村あぐり	桐谷美玲（友情出演）
中村莉桜	竹富聖花
神崎有希子	優希美青
奥田愛美	上原実矩
自律思考固定砲台	橋本環奈
堀部糸成	加藤清史郎
イリーナ・イェラビッチ	知英
柳沢誇太郎	成宮寛貴
烏間惟臣	椎名桔平

■初出
映画　暗殺教室 ～卒業編～　　書き下ろし
この作品は、2016年3月公開（配給／東宝）の
映画『暗殺教室 ～卒業編～』（脚本／金沢達也）をノベライズしたものです。

映画 暗殺教室～卒業編～

2016年3月31日　第1刷発行
2016年6月30日　第4刷発行

原　　作／松井優征
小　　説／金沢達也

装　　丁／渡部夕美［テラエンジン］
編集協力／藤原直人［STICK-OUT］
校正・校閲／株式会社 鷗来堂
編 集 人／浅田貴典
発 行 者／鈴木晴彦
発 行 所／株式会社 集英社
〒101-8050 東京都千代田区一ツ橋2-5-10
TEL【編集部】03-3230-6297
【読者係】03-3230-6080
【販売部】03-3230-6393（書店専用）
印 刷 所／凸版印刷株式会社

Printed in Japan

ISBN978-4-08-703390-8 C0093

検印廃止